生命是一部书

Human Life:
a Book
Penned and Perused

蒋述卓 著

南方出版传媒
花城出版社
中国·广州

图书在版编目（CIP）数据

生命是一部书 / 蒋述卓著. -- 广州：花城出版社，2020.11（2021.1重印）
ISBN 978-7-5360-9185-6

Ⅰ. ①生… Ⅱ. ①蒋… Ⅲ. ①散文集－中国－当代 Ⅳ. ①I267

中国版本图书馆CIP数据核字（2020）第162818号

出 版 人：肖延兵
策划编辑：张　懿
责任编辑：杜小烨
技术编辑：凌春梅
装帧设计：刘　菁

书　　名	生命是一部书 SHENGMING SHI YIBUSHU	
出版发行	花城出版社 （广州市环市东路水荫路11号）	
经　　销	全国新华书店	
印　　刷	恒美印务（广州）有限公司 （广州南沙经济技术开发区环市大道南路334号）	
开　　本	787毫米×1092毫米　32开	
印　　张	8.125　　2插页	
字　　数	120,000字	
版　　次	2020年11月第1版　2021年1月第2次印刷	
定　　价	49.80元	

如发现印装质量问题，请直接与印刷厂联系调换。
购书热线：020-37604658　37602954
花城出版社网站：http://www.fcph.com.cn

目录

第一辑 生命情思

谁睹浯溪？见字如面　－3

站在那高高的布达拉宫　－24

你若爱上，便是家园　－34

静思短章　－47

赤水情缘　－57

问向苍天"红军井"　－68

生命是一部书　－73

戒台读松　－76

观鹰随想　－79

过年与梦　－82

雪泥鸿爪忆七七　－85

不饮而醉　－88

心灵的绿地　－92

第二辑　怡心情趣

汕尾四日　　－99

走入草原深处的秋　　－114

在槟城的温风暖雨中穿行　　－121

一个"给你点颜色看看"的国度　　－127

五大连池随想曲　　－133

给书斋起个名　　－139

东郊寻趣　　－143

花开时节又逢君　　－147

我们看海去　　－152

平生难解山水缘　　－156

活水源头在生活　　－161

湾区的足音　　－165

第三辑　文海情缘

王元化师：大象无形　大爱无疆　　－173

刘醒龙：他给自己创造了又一座文学里程碑　　－180

付秀莹：轻风掀起乡村的衣角　－188

陈村：落入思想之网的日子　－193

张翎：担当与端庄　－197

也斯：文化眼睛里的文化风景　－203

杨克：喧哗声中的纯美追求　－206

钟晓毅：沉潜·感悟与文化视野　－210

朵拉：自在听香款款行　－215

刘国玉：别是一家春　－219

张铖：以象传心，造意追神　－222

林若熹：这只特立独行的"乌鸦"　－225

桂馥兰馨，金声玉振：我眼中的《文学评论》　－230

怀念与感激：我与《文艺研究》的学术缘　－235

附录：南园放马，北山种菊——蒋述卓印象　－241

跋　－250

Human Life:
a Book
Penned and Perused
生命是一部书

第一辑

生命情思

谁晤浯溪？见字如面

一

这是我第二次来到这个充满魅力与魔力的地方了。一个地方值得人多次到访并流连忘返，肯定是有它的理由的。浯溪，正是这样可以一访再访的所在。

浯溪何在？在湖南省祁阳县城西南的湘江之滨。在爱好书法的人那里，浯溪是可朝圣的地方，它与西安碑林、桂林桂海碑林齐名，都藏有国家级的摩崖石刻。浯溪就保存了自唐以来的历代名人诗词书画摩崖石刻505方，其中由元结撰文、颜真卿书写的《大唐中兴颂》被誉为"天下第一楷书"。而在浯溪留下诗文墨迹并赫赫有名的文人，除元结、颜真卿外，还有刘长卿、皇甫湜、郑谷、黄庭坚、米芾、戴复古、徐照、张孝祥、李清照、秦观、陈与义、汪藻、范成大、杨万里、张栻、杨维桢、解缙、董其昌、沈周、顾炎武、王夫之、王士禛、袁枚、吴大澂、何绍基等等，达400多人。这么多文坛宿将或亲到浯溪观瞻留诗，或未至浯溪而闻名和诗并镌刻于崖石之上，真可谓星河璀璨，令浯溪山水在湘南山水中胜人一筹，清代神韵派诗人王士禛就曾赞誉"楚山水之胜首潇湘，潇湘之胜首浯溪"。

对书法有兴趣者，自然是冲着颜真卿、黄庭坚、米芾、何绍基等书法大家的墨宝而去顶礼膜拜；而在我，不仅是去看书法，更多的是去看那里的环境，去了解那里的故事和故事背后的奥秘，正如去看欧阳修所筑的醉翁亭一样，要去那里领略古人筑亭造园的言外之意。

浯溪之园为唐代诗人元结所造。它本是一无名小溪，是元结在两授道州刺史并三过浯溪，才将家安在浯溪之畔的。这期间他还被罢官一次，去了衡阳又再返回道州的。也就是说，元结是在经历过官场的风波磨难之后才萌生退意、决意老隐于兹，才开始精心经营此地的。定居浯溪后的第二年，他在石上刻下《浯溪铭》和《庼庼铭》，其中便说道："吾欲求退，将老兹也"，"年将五十，始有庼庼，惬心自适，与世忘情"。

在盛唐向中唐转变之际的特殊时期，元结萌生退意也是无奈之举。其实，元结是一个忠烈正直的官员，他有自己的政治理想，想做一个"有言、有行、有才"的社稷忠臣，是一个以民为本、积极济世的政治家。他在初次担任道州刺史时，曾两度宁愿被免官也要为道州人民请免赋税，其诗作《春陵行》和《贼退示官吏》都是他在道州刺史任上的杰作。《春陵行》真实地道出了当时赋税繁多、人民不堪重负的惨状，反映了他对人民所受苦难的同情。此诗曾博得有"诗圣"之称的伟大诗人杜甫的激赏，并作《同元使君春陵行》以呼应，称元结的诗是"道州忧黎庶，词气浩纵横"。《贼退示官吏》更是直接批评官吏不顾人民死活横征暴敛，甚至还不如攻城造反的"贼"尚能体谅道州人民的苦难，"城小贼不屠，人贫伤可怜"。

在当时那种官不如"贼"、好官难做的政治环境下，元结萌发退隐之心择浯溪而居，正是其思想极其矛盾、心情无比郁闷无法排遣的时候。

古人筑亭造园，自然不只是为了居住，更多的在便于与人交流。想当年王右军造兰亭便是为了与友人的雅集，曲水流觞，畅叙散怀。元结安家浯溪，造台筑亭，一为行归隐之实，二则是为吐胸中郁闷，表达对现实的不满。当时的情状是，元结于大历元年（766）才下决心定居浯溪，而两年之后又被调任广西容州任职，跟随他的母亲好不容易才在浯溪住下来，仅仅三年就因病去世，他只好从容州回浯溪依制守丧，心情说不出的沮丧懊恼。又过两年，大历六年（771）恰逢老友颜真卿担任抚州刺史任满北归，元结便邀请他来到浯溪，为其十年前所作的《大唐中兴颂》书碑勒石。

一篇作于十年前的文字，值得弄这么大动静吗？元结是不是有点太自恋了？

为了解这首诗为什么值得刻，我们不妨连它的序全引如下：

> 天宝十四年，安禄山陷洛阳；明年，陷长安。天子幸蜀，太子即位于灵武。明年，皇帝移军凤翔，其年，复两京。

噫嘻前朝,孽臣奸骄,为悟为妖;边将骋兵,毒乱国经,群生失宁;大驾南巡,百僚窜身,奉贼称臣。天将昌唐,繄睨我皇,匹马北方;独立一呼,千麾万旟,戎卒前驱;我师其东,储皇抚戎,荡攘群凶;复复指期,曾不逾时,有国无之!事有至难,宗庙再安,二圣重欢。地辟天开,蠲除祅灾,瑞庆大来!凶徒逆俦,涵濡天休,死生堪羞;功劳位尊,忠烈名存,泽流子孙。盛德之兴,山高日升,万福是膺;能令大君,声容沄沄,不在斯文?湘江东西,中直浯溪,石崖天齐。可磨可镌,刊此颂焉,何千万年!

此诗表面上是歌颂"安史之乱"时作为太子亨的唐肃宗留守北方平定乱局让唐朝中兴的功绩,但骨子里却通过隐晦的手法间接地揭示出唐肃宗抢夺皇位的事实真相,如"我师其东,储皇抚戎,荡攘群凶",就是用曲笔暗讽他在唐玄宗避难四川时就已称皇。而下文的"事有至难,宗庙再安,二圣重欢",则又用微言批评了肃宗的破坏人伦与政治伦理的不孝不忠。虽然长安与洛阳两京都已收复,两位又重新和好，但言下之意却指二人曾经有过不欢的经历。事实上，"马嵬兵变"就是太子亨支持的，杀杨国忠合理，杀杨贵妃实牵强过分。贵妃为玄宗所爱，她的死就造成了对玄宗的极大伤害。等到八月玄宗到达成都，才知太子早在一个月前就已登上皇位，尊玄宗为太上皇了。到九、十月收复长安、洛阳，十一月玄宗还京行至凤翔，其从兵就被肃宗解除了武装，从此玄宗被软禁，过着以泪洗面和因思念贵妃而"孤灯挑尽未成眠"的日子。事实上，玄宗和肃宗"重欢"之事从未发生过，父子二人关系最终以悲剧结束。

元结这篇作于十年前的诗要刻于石上，自然是要留给后人看的，但为什么又要找颜真卿来书写呢？

据《旧唐书·颜真卿传》记载，"安史之乱"时，颜真卿因不为宰相杨国忠所喜欢，从京师武部员外郎转去做平原（今山东平原）太守。在安禄山叛乱时，"河朔尽陷，独平原城守具备"。之后，他又与他的叔叔常山（今河北正定）太守颜杲卿与长史袁履谦合力用计谋杀了安禄山派出镇守土门（今河北石家庄井陉）的大将李钦凑、高邈，并生擒了将领何千年将其送至长安。土门攻下后，十七郡同时归顺，共推颜真卿为帅，颜"得兵二十万，横绝燕、赵"。因此成绩，后来颜真卿授宪部尚书，又加授御史大夫。肃宗即位后罢免了玄宗旧臣宰相房琯，当时为左拾遗的杜甫，上疏救房琯，肃宗大怒，认为杜甫是房琯一党，指示要对杜甫进行三司会审。颜真卿刚到京城任职，就接到了参与会审杜甫的活。他不愿做违心之事，不愿参与，被罢去御史大夫，后又因谏诤触怒肃宗，贬为同州（今陕西大荔）刺史。后又改任升州（今南京）刺史。但颜真卿这人认死理，在升州时又两度上书，请御书题额以提醒肃宗要善待上皇玄宗，在玄宗离奇"辟谷"时，又率领百官上表请问上皇起居，这明显是与肃宗抬杠，从而再度遭贬。

也正是在颜真卿两度上书之后的一年即上元二年（761），元结作了《大唐中兴颂》，内容与颜真卿上书实际上相同，不过不是正面规谏，而是用"春秋笔法"而已。在如何看待肃宗对待上皇问题上，他们是志同道合的。

由是可见，颜真卿与元结、杜甫一样，既是国之忠臣，在国家安危时能挺身而出，又是敢于维护政治道德伦理与人伦伦理的仗义执言之人。杜甫得罪肃宗，也是因为他当时写了一些对肃宗不利的诗，如《北征》《曲江对雨》《杜鹃》等。而元结请颜真卿来书碑，就不仅仅是一个个人的率性行为，而是一场有阳谋的政治行动了。元结不是归隐山水，而是要借山石来表达他对政治真相和时局的看法。尽管此时肃宗已死，代宗即位，但元结被乱政调来调去，借刻已有诗文表明心结与态度，也是蓄谋已久择机而动的行为艺术了。

二

理清了这些之后，我们总该来说说这碑了吧。

这《大唐中兴颂》碑由颜真卿用楷书大字书写，中锋用笔，时有篆隶之法参乎其中，端庄严正，气势雄强，力挽千钧。因为是由左向右行文，又加之有颜真卿自创的简体字十一个，被人们视为书法革新的典范。那由左至右的书写更被当作是打破常规，还有人猜想是因为要举臂书丹上石，为避免挡住视线方便书写才这样做的。其实这都是误解。文史学者邓小军曾著文考微说，颜真卿之所以左行正书，是有根据的。他是根据《说文解字》里对"子"的解释"子，人所生也，男左行三十，立于已"，采取的是"左行者，子道也"之义，象征为人子者应行子道，这就与诗文的内容相吻合了。采用正书这一端庄字体，又是在庄严地宣示孝道之义。元结的诗是微言大义，颜真卿的书法则是在形式上加以配合，二者相得益彰，天衣无缝地完成了这一既是书法艺术也是行为艺术的杰作。

如今，为保护这堪称国宝的摩崖石碑，盖起来一个亭子，碑的正面用玻璃隔了起来，顶部为防水浸漫也加盖了水泥做的屋檐式的栏板。为了更好地观看这绝妙的书法，领略它的丰神，还得登上楼去。凭廊而俯视，只见那石壁上的正楷大字，如队如阵，如珠贯石垒，清而正圆，直而不散，苍劲遒浑，真气弥漫。六尺之外都能让你感觉到它内存有一种火热的生气，如歌台暖响，串串音符直往人心里钻去。

这《大唐中兴颂》碑的最后两韵六句是元结原文没有的，是元结与颜真卿在刻碑前合议增加的，即"湘江东西，中直浯溪，石崖天齐。可磨可镌，刊此颂焉，何千万年"！可见，当年元、颜二人的设想就是想让这诗文勒石之后能流传于后世的。这一设想果然得到验证。随后八百年，历代名人慕名而来，览胜之余留下诗篇刻题于石，或赞或弹，构成了富有深厚文化底蕴的浯溪人文胜景。

现在的旅游者来此观摩石刻，只注意它书体的丰富性，如有篆、隶、楷、行、草及魏碑体，仅行楷之中又分"二王体""颜体""欧体""褚体""黄体""米体"，还有颇显奇特的异体与"八分体"等等，但却不会去注意这些石刻当中所包含的问题争议以及它的文化内蕴，就是导游也不做这样的介绍的。

细寻与元结、颜真卿《大唐中兴颂》碑相关联的碑刻，却知藏有诸多意趣。像唐代皇甫湜的《无题诗》，当是后人所刻，他用一"碎"字评元结此诗，采取的是韩愈古文运动"奇僻险奥"的主张，其实根本不到位。其他如唐代的李谅、卢钧不过纪行与题名而已，并未敢就元结诗的内容发声。倒是宋代的米芾与张耒，对元结的诗有了呼应。米芾诗短，感慨刚起就收住了，实不过瘾。"胡羯自干纪，唐纲竟不维。可怜德业浅，有愧此碑词。"他指的是唐肃宗的德业实不值得歌颂。这便挑起了以后不少诗人围绕此碑的争议。张耒的诗《读中兴颂》比较长，却错会元、颜二人题刻的真意，在诗中大力赞颂起中兴功臣们的护国戡乱业绩。值得注意的是，他在诗的结尾处发起的感慨，倒是道出了当年浯溪不被人看重的现实："百年兴废增感慨，当年数子今安在？君不见，荒凉浯水弃不收，时有游人打碑卖。"这之后，又有黄庭坚来过。他因受元祐党人之牵，被除名并被令在宜州（今广西宜州市）羁管，于崇宁三年（1104）过浯溪，观此碑而留下长诗一首。黄庭坚是"江西诗派"的领军人物，又是大书法家，过浯溪自然是要看此碑的，再加之遭贬在身，观此碑更有一番感慨。诗的序言里曾说他是三月风急雨冻之中到此，竟然徘徊三日不肯离去，思索良久，留下诗刻石于此。他的这首《崇宁三年三月风雨中来泊浯溪》，与张耒截然不同，不仅批评了肃宗的不德，也批评了玄宗的不政；不仅称赞了元结作《舂陵行》的忠直，也称许了杜甫写作《杜鹃》诗的忠谏。他完全理解了元、颜此碑的用意，在为前朝悲慨的同时也流露出了对走向衰落的北宋王朝的忧心忡忡。

最有亮点的是李清照，这位能写出"生当作人杰，死亦为鬼雄"的杰出女诗人，在张耒、黄庭坚、潘大临等人对元结诗皆有和诗之后，她写下了两首和诗。在诗中，她竟然说肃、玄二宗都没有什么值得歌颂的，因为玄宗在位时花天酒地，为传荔枝给贵妃让军马都跑死；肃宗在玄宗避蜀时就乘乱夺位，还将玄宗禁闭起来，又哪来孝德？这不但无功可颂，还有些丑陋的含义在呢！"尧功舜德本如天，安用区区纪文字？著碑铭德真陋哉，乃令神鬼磨山崖。"李清照当年也是一愤青，她之所以持这样的观点，其实也是借古诫今，她担心北宋末年的朝政也同玄肃之际一样，党争不断，奸相当道，着实令人寒心。李清照并没有到过浯溪，但后人还是将她的诗刻在石上，可见当时浯溪石刻的影响力是蛮大的。见字如面，这位女诗人便与浯溪有了割不断的文化联系。

再往后的明清两代，诸多名人刻诗上石，其中可圈可点的在内容上有明代的解缙与清代的吴大澂，在书法上可赞的就是何绍基了。至于明代的丁懋儒也模仿着撰写了《大明中兴颂》并刻石于崖，历来就被讥讽为"东施效颦"，无论是内容与形式都与元、颜二人的合作相距十万八千里。

览石赏文，倚栏而望，山崖前的湘水缓缓东流，宛如历史老人，目睹过历朝历代人来人往，千百年来它与摩崖石刻相看不厌，保留着一种默契和互认。不谙历史而随俗的游人，多是在那北崖区清人所刻的异体字榜书"福""禄""寿""喜"前留影，那四字中的点画竟然多由圆钱、金元宝、官服、官帽、田亩、殿堂和寿桃等组成。游人爱听的不再是元、颜合作的刻石佳话，而是那柳应辰"夬符镇妖"以及他能预测此符万古长存的民间故事。

三

记得上次来浯溪的时候，恰逢大雨，浯溪博物馆的资深导游桂胜利领着我在雨中穿行，浏览过石碑之后将我带上了峿台，然后给我讲了"宎尊夜月"的传说。此度再登峿台，依然是桂胜利带路，因为有出生于永州后去广东工作的岭南师范学院的教授刘海涛同行，我请桂胜利将这一传说又讲了一次。

这传说其实是挺浪漫而又颇有文人气质的。

相传元结在颜真卿等好友来时，常在峿台相聚，元结便在那里最高处的巨石上，凿了一个像葫芦瓢的宎尊，可以装一斗酒。但每到高兴处，这酒就喝干了，只好不欢而散。当时的情况为浯溪山神知道了，觉得元、颜二人是一心为民为国的好官，应该好生款待他们才是，便使用神术，将湘江水引入㟅尊化为美酒，无论怎么豪饮都不竭不尽。后来有爱酒之妖心生歪念，在夜里想盗走这㟅尊，他一脚正踏入㟅尊附近时，就被仙人吕洞宾识破，挥剑劈妖，同时用剑划出三道保护线将㟅尊保护起来。如今这巨石平台上还保留有三道剑痕以及那酒妖慌乱中逃跑留下的脚印、手掌印和臀部印迹。

这传说其实是后人利用这块巨石所呈现的天然裂缝和凸凸凹凹的印痕编造出来的，那凹尊也系人工开凿。据说，过去在这里还建有一个木亭子，是可以遮盖住这㟅尊的，但终因此地地势高又当风，临江且靠悬崖，这亭子早无踪影。如今，当地政府拨款在离㟅尊三十米外的平坦处，另建了一个颇有气势的六角亭，以表达对元、颜二人的纪念。

元结当年造峿台为的就是散怀抱，其《峿台铭》序里就说："古人有蓄愤闷与病于时俗者，力不能筑高台瞻眺，则必山巅海畔，伸颈歌吟，以自畅达。今取兹石，将为峿台，盖非愁怨，乃所好也。"字面上是说不因愁怨，只是喜好，其实心底里是借高台以发泄胸中郁愤的。想当年的元结就像"百年多病独登台"的杜甫一样,病时伤世,须登高引颈放歌的,故铭内写道:"谁厌朝市,羁牵局促,借君此台,壹纵心目。"身在局促的官场之内,羁绊甚多,何以解忧?筑台刻石罢了!

至于这传说,那还真的是老百姓和文人出于对元、颜二人的爱戴加以想象而集体编撰的。百姓或许无力常供酒给元结与颜真卿等好友痛饮,那浅浅的窊尊及其山神的传说就满足了百姓的心愿;百姓或许无力保护这两位护民、爱民的好官,就让仙人吕洞宾的仗剑驱妖来守护这满足心愿的窊尊。

再度站在这峿台之上,品味着导游轻言曼语地讲述着那个优美浪漫的传说,我想象着在那月夜之下,元结、颜真卿与他们的好友一道在此吟诗望月、议论朝政并抒发胸臆的温暖场面。王羲之筑兰亭,引好友酌饮而留下了许多诗篇,为什么元结、颜真卿他们在台上招饮没留下诗呢?细细想来,元结当时正在依制守丧期间,他怎么可以去凿窊尊而招饮呢?那《峿台铭》中也只提到台,并没有提到窊尊,只说到"小峰嵌窦",那窦是天然的,可想那窊尊完全是后来对元结的敬仰者根据天然之窦再人工所造的,并将"窊尊夜月"列为浯溪八景之中了。这传说呢，也就随着窊尊的加工而流传出去，以表达对元结、颜真卿等的崇敬与怀念。在民间，神仙凿米洞、酒尊一类的传说总是相似的。我的家乡广西灌阳，以前也曾隶属过道州，离浯溪不足二百公里，那里也有类似的传说。那是寺庙里制造出来的神秘故事，说石山寨上的寺庙里，和尚凿了一个洞舂米，无须添谷而米源源不断。这窊尊的传说正是出于民间类似的想象吧。

四

浯溪之有今天，当然源于它的创始者元结，但我们还不能忘了还有一位当代杰出的政治家——陶铸。

陶铸就是祁阳人，对这片故土他热爱至深，他的诗里就写到过"闻道浯溪水亦香""满山枫叶艳惊霜"。他在 1951 年、1961 年和 1963 年曾三次回乡，都不忘浯溪，尤其在 1963 年的时候，他身为中南局第一书记在视察浯溪时作出了重要指示，成立浯溪文物管理所，并指示县委制止了在浯溪碑林码头搞运输和汽船过渡，以避免文物场所被破坏。据导游桂胜利介绍，当时的浯溪年久失修，不少石刻汗漫难辨，有时还会被洪水浸泡，没有路更无石蹬，几乎被人遗忘。正是在当时那种到底是为了发展生产还是保护文物的两难环境下，陶铸拍板为浯溪的文物保护定下了规制，还要求文物管理所成立浯溪文物史研究小组开展研究工作。后来码头搬迁，再后来又有了湘江上的公路桥，都远离浯溪，使浯溪的生态环境得以完整延续。

今日的浯溪园区内，建有陶铸纪念馆，里面陈列了陶铸的生平事迹与照片。在进纪念馆之前的甬道上刻有陶铸的诗词若干首，在纪念馆背后山道的石壁上，刻有他著名的文章《松树的风格》。在园区的广场上，安放有陶铸坐像。

第一次去浯溪时，总觉得在浯溪园区内建这么大规模的陶铸纪念馆有些不协调，但此番再去，仔细将陶铸的诗词文章温读一遍，便觉得它的建造与浯溪风景及其精神是相得益彰的。有了它，反而更能突出浯溪的人文精神了。

正如元结的为人"忠直方正"和颜真卿的"忠义大节"一样，陶铸也是中国革命史上一个铁骨铮铮、敢说真话、勇于担当的政治家。湖南革命家中有两位是被伟人毛泽东所称道的,一位是任弼时,担任中共中央秘书长多年,是累病而逝的,毛泽东称他是任劳任怨的"骆驼";另一位就是陶铸,是难得的治国人才,20世纪60年代中期就位居政治局常委兼中央书记处常务书记、国务院副总理,权重在第四位。毛泽东说他是"牛"。牛耐劳吃苦,忠于主人,但有时不听话,话不投机会顶人一角。

陶铸心地坦荡,顾全大局。纪念馆前甬道上所刻他的诗词就记录了他爱党爱国爱人民的心声,其中他赠夫人曾志的诗写道:"重上战场我亦难,感君情厚逼云端。无情白发催寒暑,蒙垢余生抑苦酸。病马也知嘶枥晚,枯葵更觉怯霜残。如烟往事俱忘却,心底无私天地宽。"此诗虽然读来酸楚,但结尾的境界却是那样德薄云天、荡气回肠。这样博大的胸襟与情怀只有陶铸这样的革命"老黄牛"才能具备。"心底无私天地宽"是一种自我的表白,更是一种精神的升华,他的政治境界为当今的廉政建设留下了不可超越的典范。

甬道石壁上所刻的陶铸诗词,全都用的是陶铸的手写体,那字体也如陶铸之为人,撇捺有劲,棱角分明,内含有一种不屈的力量。慢慢地读过去，你会觉得他不仅是一位政治家，更像是一位满腹经纶、才华横溢的知识分子。纪念馆里记录陶铸的生平，其他官衔都录下了，只是漏掉了1959年之后他在担任中共广东省委第一书记时兼任过五年的暨南大学校长职务。我第一次去看时曾经对纪念馆管理人员指出过，遗憾的是这次再去看还是没有更改过来，更不要说增补他在担任暨南大学校长时期的照片了。大约他们觉得这校长不重要。其实，陶铸和元结、颜真卿他们一样，既是官，也是受人尊敬的知识分子。或许后者更能体现中华优秀传统文化的精神。想历朝历代宰相何其多，留其名者几何？而只有富有才华又忠直刚正的官员兼文人才流芳万世！

在浯溪园内元结所造"右堂"（即客房）的旧址，有一船形巨石，用石敲可发出金属般的声音，如按音阶敲则可成曲。相传元结曾在此自吟《清廉美曲》，引来松涛和韵，水浪击节。其实那就是元结写的《自箴》。《自箴》里写道，有人劝他为人如果要求权求贵的话，就要"曲、圆、奸、媚"，这样才不会穷贱；元结极其反感，针锋相对地提出了为人须"忠、直、方、正"四字的人生箴言。

"忠、直、方、正"是元结的自勉自励,又何尝不是陶铸一生的精神写照呢?

走出陶铸纪念馆的后门,就能见到那刻有《松树的风格》的石壁了。此时,导游桂胜利用夸耀的口气对我们说:"这《松树的风格》我念过无数遍,可以一字不差地将它背下来。"还没等我们接话,他已经开口背诵起来:"去年冬天,我从英德到连县去,沿途看到松树郁郁苍苍,生气勃勃,傲然屹立。……"我们一边走,一边听着他在背诵,"要求于人的甚少,给予人的甚多,这就是松树的风格","我想,所谓共产主义风格,应该就是要求人的甚少,而给予人的却甚多的风格;所谓共产主义风格,应该就是为了人民的利益和事业不畏任何牺牲的风格"。据记载,这篇《松树的风格》就是在暨南大学的礼堂里讲的,只可惜这礼堂已拆,虽然也在另一处地方按原貌重建,但毕竟不是原址,否则也可列为文物了。

走在浯溪的山道上,伴着阵阵松涛,回荡着这不紧不慢的朗诵声,我在想,这到过浯溪的人中,冥冥之中,注定就应该有陶铸这样一个人。这不仅仅是因为他对浯溪有过保护,更是因为他与历史上那些正直忠诚的英才,如元结、颜真卿、杜甫的精神相通。

谁晤浯溪？见字如面。在看过《大唐中兴颂》的碑文及陶铸的诗词文章之后，我对浯溪魅力的认识又加深了一层。

站在那高高的布达拉宫

这是我第二次来布达拉宫了。前一次来是顺访,只在拉萨停留了一天,匆匆地在布达拉宫和大昭寺观览了一天,留下的只是宏伟、壮观、精致、神秘的印象。今年来布达拉宫却是专门的,来前还阅读了一些有关西藏历史与文化的著作,因为还要到日喀则的那什布伦寺以及山南地区的桑耶寺等地去,想对西藏的宗教文化和民俗风情有更多的了解。从西宁坐上赴拉萨的火车开始,我的心情就激动着,从格尔木开始,那巍峨的昆仑雪山、奔跑的藏羚羊和野兔,那平静得像蓝色绸缎般的措那湖,映入眼帘的一切都仿佛散发着西藏的气息。晚上到达拉萨,从火车站去宾馆的路上，司机又专程绕路途经了布达拉宫广场，夜色里布达拉宫如一幅宏大的油画，悬挂在湛蓝色的天空下，依然是那么雄壮而肃穆。

现在我就踏上了登览布达拉宫的楼梯了。

拉萨秋天的天气就如南方的五月，说变就变。刚进布达拉宫东门时，呼啦啦下了一场暴雨，强劲的风雨撕扯着衣服和还来不及完全撑开的雨伞，让人猝不及防，生出深秋的凉意。但过了十分钟，当我爬到宫墙上升不到30米处的无字碑时，却又是烈日当空，汗水唰唰地流下来了。

无字碑是五世达赖喇嘛阿旺罗桑嘉措时大管家桑结嘉措立的，为的是纪念他修建布达拉宫的功劳。布达拉宫始建于唐代，是松赞干布为迎娶文成公主时的创意之作。我后来去过位于山南地区的雍布拉康，那里是松赞干布的第一座宫殿，其实规模很小，建于一座不大起眼的小山上，才知道就是仿雍布拉康而在拉萨的山上修建起壮观的布达拉宫来的。经历过许多的时间，布达拉宫建建停停，也不断被兵火毁坏，而只有到清朝的五世达赖喇嘛时，才最大规模地修建起来。而这期间，五世达赖喇嘛花费功夫最多，而他最得力的管家桑结嘉措则是最强有力的执行者与监管者。站在无字碑前,我在想,这桑结嘉措也是够大胆的,表面上看他不想居功自傲,但骨子里却透露出一种高傲与野心。他模仿武则天在她自己的陵墓前立无字碑,表明自己的功劳将流芳千古,可供后人做无限的评价,碑看似无字却有声,仿佛在讲说着桑结嘉措功劳盖世的丰功伟绩,碑看似低调,实则是高调昭示桑结嘉措意欲全权治理西藏的野心。如果是真正的低调,桑结嘉措根本就不要去立碑,有道是是非在于历史的洗刷,功绩在于人的口碑,公道自在人心。或许正是这样的高调,桑结嘉措敢于在五世达赖喇嘛圆寂之后将密不宣丧的秘密保留15年,也敢于将六世达赖喇嘛仓央嘉措雪藏15年,终于酿成了他自己被杀戮、仓央嘉措也最终被废黜继而失踪的悲剧。

从无字碑往上五六米,就开始进入布达拉宫的宫殿里。布达拉宫不愧是世界上最高也最精致与金碧辉煌的宗教宫殿,步入它的核心殿堂以及主殿坐前供演藏戏的广场,你会产生一种宏大的心灵震撼。在海拔4000多米的宫殿,广场内似乎还回响着当年三世、四世、五世乃至六世达赖观看藏戏和举行盛大佛教仪式的锣钹声和法号声。那粗犷的脚步声、呼喊声仿佛还透过地上的砖石反射到城垣上，回荡在我的耳边。供达赖起居议事的寝宫自然是神秘的，但那昏暗的光线总使人产生诸多的联想，我总觉得这统治西藏的法王、至高无上的达赖实际上是极为难当的，不然的话，怎么连他的卧室也是这般的不阳光呢？

供奉若干老达赖喇嘛的灵塔殿是游人流连得最久的地方了。这不仅仅是它需要上好几层楼逐层观看，更重要的是这里保留着诸多的秘密，存在着诸多的疑问。随着导游的讲解，我就进入了那历史的谜团，并渐渐拉开了对六世达赖喇嘛仓央嘉措的探寻。

在灵塔殿里，供奉最大的当然是五世达赖喇嘛的灵塔了，因为他使西藏雪域的各种宗教统一于佛教这一教派，而且还理顺了西藏与清王朝之间的友好关系，他不远万里到达北京朝觐，不仅得到了清朝皇帝的奖赏，也得到了全西藏僧俗的拥戴。故他的灵塔在所有的达赖灵塔中是最大最高的，用的黄金、宝石装饰也是最多的。他的功劳在历代达赖喇嘛中最大，何况布达拉宫也是在他主政时大规模改造与建筑的，尽管他还等不到它的完全竣工就圆寂了，但他为自己包括他的心腹管家桑结嘉措为他所造的灵塔当然也就是最大的了。

但一座座灵塔寻访下来，唯独不见有六世达赖喇嘛的灵塔。他去哪儿了呢？是不是因为他在布达拉宫时边当达赖又边当谈情说爱的浪子诗人而不适合给他建塔？还是因为他被罢黜后押送北京途中流落失踪于青海湖而无法收集到他的灵骨而不适合给他建塔呢？导游讲解到此处时总是含糊其辞，这没有六世达赖灵塔的谜总还是缠绕在我的心头。

其实，六世达赖喇嘛仓央嘉措之所以没有灵塔，根源在于他不是一个神，而是一个人，他的一生都在神与人之间的关系里缠绕着、纠结着，而布达拉宫是要供奉神的，要供奉一个完美无缺的佛在人间的替代者。而制造神的操纵者与制造人的操纵者，始作俑者都是桑结嘉措。是他，为了实现他的政治野心，让仓央嘉措被认定为转世灵童之后还让仓央嘉措流落在民间，从而使得仓央嘉措更多地接触了民间，也在少年时就过早地爱上了他的情人玛吉阿米。说到底，这颗爱的种子也算因为桑结嘉措留下的自由空间而得以播下的。也还是他，在仓央嘉措已可以理政的时候，他拒绝了仓央嘉措学习政务的要求，从而封杀了聪慧无比的仓央嘉措可以发挥他政治才能的机会。桑结嘉措心里清楚,仓央嘉措早已过了他的上一任达赖15岁就可以理政并且可以创造超人政绩的年龄,他只不过是舍不得这诱人的权力,舍不得这可以实现宏大政治野心的机会。也正是在这种无望的时刻,仓央嘉措决心不再做神而做人了,也就是说不再做政治的傀儡而愿做回他自己了。依仗他的聪明才智,他完全可以当好一个政治家,他有敢于担当的精神,也有敢于奉献的勇气。事实证明了这一点,在西藏僧众需要的时候,他毅然斩断了情缘,潜心当他的活佛;在他最后被押解出拉萨时,僧人们为保护他,将他留在哲蚌寺内而与蒙古军队抵抗。为了避免流血,他从哲蚌寺勇敢走出,跟随蒙古军队而去。这就是当之无愧的活佛啊!他不愧是西藏僧众心中拥戴的法王啊!这些绝不是一个只会写情诗的伪活佛、浪荡子所能做得到的。

当然,作为诗人的活佛,仓央嘉措自有他性格懦弱的一面,面对桑结的霸道无理,他反抗了,据理力争了,但结果却逼迫他不得不走向了"放荡"的一面。他偷偷出宫去喝酒、去会情人了,也大胆地去写情诗了,那也是他反抗桑结嘉措的另一面。他不惜损害他自己的形象,就是要破坏桑结嘉措只把他当政治傀儡的目的。这就正如魏晋时期的名士一样,为反抗虚伪的礼教,不得不以放浪形骸的行为去表达自己的奇行独性一样。仓央嘉措也正是这样一个特立独行的人,桑结嘉措管得越严,规劝得越多,他就恰恰要反其道而行之。

有人说仓央嘉措是政治斗争的牺牲品,他的悲剧是一场政治恶斗所酿成的。从表面上看,这的确如此,因为当时的西藏确实存在着桑结嘉措与代清政府统治西藏的蒙古拉藏汗之间的明争暗斗。在这场斗争中,仓央嘉措是被动的,甚至是被瞒骗的。但是,仓央嘉措又并非是完全被动的,一旦他知道他不过成了桑结嘉措手中的一张牌,一个政权的幌子和影子之后,他毅然做出了他的选择——与桑结嘉措的不合作。他心里十分清楚他做出这种选择的后果。他知道,这不是桑结嘉措抛弃他,而是他要彻底抛弃桑结嘉措,他要破坏桑结嘉措的政治阴谋,要让桑结嘉措的政治野心落空。在做神、做傀儡与做人之间,他宁愿做一回真正的人。

仓央嘉措毕竟是做了一回人,而且还做了伟大的情人,也是伟大的诗人。他的诗道出了许多人想说而未能说出的哲理，像那种"最好不相见，便可不相恋；最好不相知，便可不相思；……最好不相爱，便可不相弃；最好不相对，便可不相会。……但曾相见便相知，相见何如不见时"的诗句，没有刻骨铭心地爱过体验过，又怎能创作出如此让人读后难以忘怀的诗句呢？

而在西藏僧侣及民众的心目中，仓央嘉措又是怎样的人呢？僧侣们从维护宗教庄严的角度，他们为仓央嘉措的风流辩护，甚至认为他"天天有人做伴，从来未曾独眠；虽有女子在旁，从来没有沾染"，他的行为不羁不检，即便是不守成规，沉溺女色，不过是"迷失菩提"而已。甚至还有人认为他的放荡是修行过程中的必经之道哩！这也难怪，因为在藏传佛教的密宗当中，就有欢喜佛的极乐境界，女性代表着"智慧"（般若），男性代表着"方便"，二者都代表着人类的创造活力，男女双修融为一体才可达到极乐涅槃之境界。而在一般的民众眼中，六世达赖喇嘛根本就是他们中的一员，他们深爱他们的活佛，也由衷地体谅他们的活佛：

  别怪活佛仓央嘉措风流放荡，

他所寻求的,和我们没有两样!

也正是如此,布达拉宫中虽没有六世达赖喇嘛的灵塔,却有他的塑像,这塑像摆在哪儿呢?摆在长寿殿里。仓央嘉措竟然成为长寿的象征!这究竟是指他的创造活力寓示着长寿呢,还是指他的精神永垂不朽呢?可能两者都有。当然,布达拉宫的管理者为了不找麻烦,只塑了仓央嘉措少年时的塑像,那纯洁慈善、安详淡定的面容的确让人观之动容。

从布达拉宫山上下来,人们都要去八廓街寻找那个名叫"玛吉阿米"的小酒馆,似乎在那里人们才可以找寻到仓央嘉措的痕迹,因为那里曾经是仓央嘉措与他的情人玛吉阿米的天堂。而那天,我却没有去。我以为,那个小酒馆只不过是仓央嘉措的表象,那个小酒馆怎么能代表仓央嘉措的全部呢?在那里,人们除了加强了对仓央嘉措是一个酒鬼,是一个放荡子的印象之外,还能得到什么呢?实际上,理解了仓央嘉措的处境,了解到仓央嘉措的心路历程,我们完全可以相信,仓央嘉措是一个敢于叛逆、特立独行有着自我选择意志的强者,是一个敢爱敢恨、敢于担当的宗教领袖,也是一个敢于坦露心胸、有着无限激情与文学创造才能的智慧诗人。唯其如此,后来的人们才带着美好的期待为他编造了更完美的结局,也带着对他才情与智慧的崇敬将许多民间创造的情诗加到了他的身上。有人说仓央嘉措在青海湖失踪之后,又游历了西藏乃至印度的许多地方,最终在内蒙古的阿拉善停留下来,成为那里受人尊敬的活佛,并在那里圆寂。有人甚至说当时的阿拉善王妃与他有着深深的友谊与情谊,一生都崇拜着他的智慧和为人。后来的民众都在传诵着他的情诗,同时又把许多情诗依托在他身上而加以传扬,比如那首著名的《那年那月那日》,据考就不是他的作品。这说明什么呢?这只能说明,仓央嘉措是人民的活佛,也是人民的诗人。他虽然没有五世达赖喇嘛那样的丰功伟绩,也没有五世达赖那样雄伟的灵塔,但他的才情,他的创造力,他的为人,他的精神却永远铭刻在民众的心里。他的形象绝不在那小小的酒馆里,而是永远地站在那高高的布达拉宫上。

你若爱上，便是家园

一

一个人究竟有几个故乡？他究竟要经历人生多少行程才可以找到他心中的家园？这种疑问我在心中问了多年，直至现在。

小时候我待过的故乡当然是故乡，但如今那故乡对我已变得陌生，因为我 17 岁离开老家——广西灌阳县黄关镇白沙屯（当时属桂林地区专署管辖），后来就很少在老家待过，只是在清明扫墓时节，会隔三岔五地回去半天。老家的亲戚很少，老家的土话我已很难说得像，老家视我为外乡人，我视老家为父母的魂在地。

17岁之后我到了著名的山水胜地桂林市,在那里求学工作待到30岁。这13年足以让我将桂林市视为又一个故乡。但自从1985年我到上海读博士,1988年又从上海博士毕业分到广州工作,1991年家人也从桂林迁至广州之后,桂林这一故乡也逐渐变得模糊起来。虽然家里人在一起还说桂林话,但桂林的印象就如阳朔的《印象·刘三姐》一样,只有远景而无特写了。

广州于是便成为我的第二故乡,一个真正的第二故乡了。

二

或许,你已注意到,我在说故乡时没有提到我待过三年的上海。的确如此,上海只是我求学的地方,是我匆匆而过的驿站,虽然那里有我亲爱的母校华东师大,有温情脉脉、碧波荡漾的丽娃河,有我对我的导师王元化及师母张可先生的甜蜜回忆,但我仍然是上海的过客。

而广州,则不是。

1988年我读完博士选择到广州工作而未选择留在上

海,自然有多种因素,但现在细细想来,对广州的情愫其实源于1983年的一次广州之行。那时,我们广西师大中文系文艺学专业的四位硕士研究生随导师林焕平先生(广东台山人)到广州开中国文艺理论学会的年会。3月,正是红棉怒放、榕叶新滋的季节。一天晚上,我们跟随导师一起从流花宾馆去小北路社科联的宿舍拜访导师的一位旧友。我们乘公共汽车在小北路站下车,顺着榕树成荫的街道行走。没有雨,却有似有若无的薄雾,空气似乎是甜的,榕树上垂下粗如缆绳似的气根,一切都似乎行走在梦境里。就那一刻,广州的印象便定格在我的脑海里。随后的几日,我们结伴去了越秀山、白云山、海珠广场、黄花岗等地去逛过,我当时便想,能到这般美丽的城市来过日子一定是很美好的。

于是,1988年7月博士一毕业,我便义无反顾地来到了我当年想要来的城市。之所以说是"义无反顾",那是有故事的,因为我的校友华东师大历史系的一位博士,曾到广州找工作,想进华南师大,下车便被广州火车站的乱象吓怕了,回去逢人便说广州是不宜居住的。那时南下广州是需要点勇气的。我至今还记得,当年华东师大南下广州、深圳、海口工作的毕业生还在华东师大中山北路校园内照了一张集体照。尽管大家心里充满着奔赴改革开放最前沿的热情与激情,但内心里对未来都是没有什么谱的。若干年后,也有人离开广州,或出国,或返回他原来所在的省份。

但我留下来了。一留,则留了快 30 年了,而且退休也将在此。这待了快 30 年并将继续待下去的地方,远超过我在广西待过的时间,这第二故乡难道还不能算是我的家园吗?

三

15 年前,我的确这样无数次地问过自己:你真的喜欢广州吗?

也是 15 年前,我还在报纸上发表过文章,题目叫《广州不能只是物质安顿之所》,文章里含有对广州的批判,但心底里还是希望广州能成为广州人包括我在内的新移民的精神安顿之所,亦即家园所在。那其实是爱之深恨之切的表现而已。但说实在话,那时的我对广州还真的是怀有一种居之少味爱之无奈的感觉。

念及广州的好，也就是这近十年来培养起来的感情。因为住久了，对广州产生了依恋；因为住久了，习惯了广州，到了外地就有了参照物，老觉得还是我们广州好，不仅仅是吃得好，还有服务好，一切都让你感到舒适、自在。连出差坐飞机也选择坐南方航空的飞机。不为别的，只为它的服务好，让你觉得舒坦。

对老广州，我是没有太多太深的印象的，不像地道的广州人，说起老广州来如数家珍，津津乐道。我最多就是走马观花式地逛过西关，看过趟栊门，去过陈家祠、十香园，溜达过上下九的骑楼而已。对广州话，我至今也还是听得七八成，人家说得快了我就只有"蒙查查"了。但这丝毫不影响我在广州的生活，因为现在的广州与三十年前比，大多数市民都能说一口不够标准的普通话，沟通绝无问题。

而广州的生活却逐渐变成我的生活。

这不是说我已经像一个广州人一样生活了，而是在外地朋友和外国客人面前，我会努力去像一个广州人一样向他们介绍广州的生活了。渐渐地，我也便习惯于广州的一切，包括日常生活了。

我去日本，那里的日本朋友会带我去吃最出名的怀石料理。而他们来广州，我会带他们去泮溪酒家、南园酒家。有一次，我将我的好友、日本美学学会会长岩城见一先生带到荔湾湖的唐荔苑酒家吃饭，当他在细雨中看到有服务员戴着斗笠划着小艇给湖里亭子间的包厢送酒菜时，他惊讶得眼都直了。那时，我自然会跟他讲起艇仔粥，讲起粤菜的特点来，那时我就是广州人了。在北京是顺峰酒家的广东菜出名，可是贵得要命，而北京的朋友来广州我却会带他们去天河路的炳胜酒家，看着外面排队等位的人群，品着炳胜店里地道但又不昂贵的粤菜，他们会由衷感叹：还是在广州的粤菜好味！

在广州，吃饭就是吃个新鲜，吃个特色，也图个情调。正如现在走在花城广场地下的花城汇饮食一条街，哪一家店又不在讲究特色与情调呢？

记得在广州亚运会之前，广州市曾热烈地讨论过广州精神问题，也就是想给广州一个既理性又感性化的定义以宣传广州。当时就有学者提出可以用"生猛广州"四字来概括。的确，"生猛"不仅代表广州敢干敢闯的特征，又何尝不代表广州的日常生活呢？当时我也曾提出过用这样的短句去概括："广州——享受生活之都。"自然，民间的提法与官方所想总是有差距的，最后官方端出八个字"千年羊城，南国明珠"，够高大上的，也印在公共汽车上和工地的围墙上了，但却抹去了广州丰富而饱满的色彩，少了许多想象的空间与艺术的张力了。

四

说起广州城，有人说广州靠珠江，有水则灵，爱的是广州的水，我却独爱它的桥。

过去的广州，从江之北到江之南要过珠江（广州人讲是"过海"），主要靠水上交通，有小艇，有汽船（后来叫水上巴士，带点洋气），唯一的桥是珠江桥，走车也走人。改革开放以后，呼啦啦一下建起了多座桥，如琶洲桥、华南干线桥、猎德大桥、广州大桥、海印桥等，桥便成为方便广州市民出行的最爱了。

晨昏时节，广州的桥最妩媚秀气，也最有活力。那时上下班的人与车辆挤满桥面，若碰上好天气，匆促赶路的行人会停下来观看珠江两岸的景色，连开车的人也会摇下车窗利用片刻的拥堵时间来欣赏。我就特别喜欢在琶洲桥上欣赏珠江上的日落之景。当那如圆轮般的落日照射在珠江上，珠水泛起层层金色的涟漪，仿佛翻卷着的绸缎，"小蛮腰"（即广州塔，又称广州新电视塔）又仿佛羞涩待嫁的女郎披上了金色的婚纱。不远的猎德桥像一弯新月依恋着珠江的颜面不愿升起，再远处的海印桥则似一架金色的竖琴，在为这秀美大江的流淌纵情演奏。这时，珠江两岸的大厦与街道在霞光中也变得闪烁起来，就像那飘浮着的海市蜃楼。如果要再度评羊城新八景的话，"琶洲暮色"大约是可以入围的。

说起广州的桥还得算上市里的高架桥和人行天桥。高架桥最早是用来解决市内交通拥堵的，如人民路高架，因为离市民的住房靠得太近，时常被人诟病。后来又建起了内环路高架，但不管怎样，高架桥的使用对解决交通拥堵是做出过贡献的。大都市尤其是特大型城市还真得依赖高架桥，像日本的东京、中国的上海。在广州，你还不得不佩服那些高架桥的设计者，在高楼林立之间见缝插针，有时桥围着一幢楼房绕上半圈才逶迤而去。作为城市里的驾驶者，我享用了高架桥的便利，车辆稀少时还可以以一种审美愉悦的心情去欣赏这些弯来绕去的桥的绰约风姿。其实，广州最早的高架桥是架设于珠江白鹅潭畔通向白天鹅宾馆的引桥，如果置身江上或站在江的对岸观看，只见长桥卧波，清晰地勾画出了江岸的景观线，并与沙面欧式风格的建筑群融为一体，是很有审美效果的城市景观哩。

如今的高架桥都建有围栏，围栏上的挂槽里春夏种各种太阳花，秋冬种三角梅，花开起来将桥装扮得十分养眼，"花城"之名也便从桥上扮起了。最近市里还提倡住户在阳台或天台养花，想来将来与高架桥之花也能相互衬映。

因为南方雨水多的关系，广州不怎么建地下通道。人行天桥也便成为广州的又一城市景观。初期的人行天桥确有丑陋的一面，光秃秃横空一道，破坏了城市景观。但经过这近二十年的逐步改造与升级，人行天桥则变得既实用又漂亮起来，有的为方便老人与拿行李的，还建起了电梯或电动扶梯。有北方朋友来广州，走过这种天桥之后说仿佛到了香港，这让我颇感得意。

五

判断一个城市是否具有现代感,总是要看它是否有生气与活力的。

置身珠江新城高德置地的春夏秋冬广场之间,看着上下班时川流不息的人群,你会从他们匆忙而急促的脚步中感受到活力与创造力。到了中午时分,从各大厦写字楼"吐"出来的青年男女,开始寻找自己中意的美食。在这里,空气里飘散的都是年轻的气息,一切都那么有朝气,正如这里的大厦,一股脑儿地憋着劲往空中飚。只要你打开百度地图在这里一搜索,一连串的大厦名字就跳入你的眼帘——保利威座大厦、星辰大厦、广弘天琪大厦、富力盈信大厦、合景国际金融广场、全球通大厦、广晟国际大厦、越秀金融大厦、广粤天地、广州发展中心大厦,等等,足有几十座之多。抬眼望,俗称的"东塔"与"西塔",又与"广州塔"遥相凝望,仿佛是壮汉与细妹的歌场相逢。也正是在这块地区,又建起几大公共建筑:广州大剧院、广东博物馆与广州图书馆。入夜之后,灯光一开，广州大剧院如一块绿玉镶嵌在花城广场旁边，倒影入池，摇曳生姿，广州图书馆的白色外墙又如一部正待你去打开的百科全书，静穆地在那里等你去翻阅。这里是广州的CBD，集中了若干财团与商业实体，也吸引着美国、澳大利亚、比利时等总领事馆的进驻。

正是在这寸土寸金的地方，市政府竟然慷慨地留出了空白，建起了一个占地几百亩的"花城广场"，乔木、草坪、水池安排妥帖，节假日还有文艺活动在此举行，一年还有一次灯光秀。这使我想起美国芝加哥市中心的千禧公园，那里有能反射人影于球体上的玻璃雕塑，也有不时亮出市民笑脸的喷水墙，那也是当地市民与外地游客最喜欢的活动空间。想想30多年前，当年的广州市市长黎子流只是用"亮化工程"来提升广州，说要把广州建成国际大都市还被人嘲笑是建"国际大排档"，而今的广州则真正跻身于国际大都市之列了，甚至还被经济界视为国际一线城市了。

广州的国际化与现代化就是靠一步一步走出来、一件一件干出来的。

比如公共汽车的无人售票，就是从广州最早开始的。

刚开始人们不适应，觉得观念超前了，但坚持数年之后，它成功了，而且被推广到全国。它不仅培养起了市民守规遵序的文明习惯，也达到了减人增效的经济效果。

又比如垃圾分类，这也是从广州最早开始的。这又是一种观念超前的做法，但广州坚持下来了，效果也逐渐显现。虽然尚未达到令人十分满意的程度，但它的坚持与市民的参与配合，让这个城市树立起了绿色环保的理念，配得上"国际都市"的名号了。

如今，市内与市郊的各种湿地公园以及湖泊重造（如白云湖）又正在悄然兴起，一座山水城市、海绵城市的构想正在落到实处。诗意栖居，正在广州人的手中从蓝图变为现实。

也正是在这座城市的暮色中，许多人纷纷涌向了星海音乐厅、广州大剧院、流花剧场、黄花岗剧场，分别在那里欣赏歌剧、交响乐、话剧、舞剧或者地方戏。在举办过亚运会开闭幕式的海心沙，还有《珠江船说》，登上船，你能一边观赏珠江夜景，一边欣赏到演述粤剧人的故事和粤剧。正是在这几年内，我在广州相继看过歌剧《卡门》、舞剧《大河之舞》、林怀民云门舞集表演的《流浪者之歌》、赖声川和孟京辉的话剧，等等。只要你有足够的银子与足够的时间，你尽可以足不出城心满意足地欣赏到国际上著名的表演机构与艺术大师的演艺节目。可惜我不是发烧友，否则也会去办一张会员卡，享受一下优惠。

广州，终于从一个物质之都向精神之都、文化之都转化了！

这让我15年前的担忧与疑惑逐渐化去。我走入广州的30年日子，广州也走入了我的生活。

我现在终于会对我外地的朋友和客人真诚地说：我爱广州！

你若爱上，便是家园。相信同样是从外省移入广州的朋友与我有共鸣，那你就点赞吧。

静思短章

在这个特殊的春节、特殊的避疫与抗疫的时期，除了奋战在抗疫一线的医生、科研人员、军人、工人、警察、社区管理人员、一些组织抗疫的政府公务员等等，我们大多数人都在家静思，这真是一个让我们集体修行的机会。我在思考着这些日子里的一切，有时夜里想着想着，竟然再难入眠。

一

什么是寂静？这个春节过的就是寂静了。寂静的街市，寂静的社区，寂静的公园，寂静的景区，寂静的一切。我活到60多岁了，小时候的记忆好像只有20世纪60年代末期流行脑膜炎的时候有过这么的紧张，但还没有这么寂静。我们春节的辞典里总是写满着热闹与火红：红对联、红灯笼、红爆竹、红烟花、大年初一的上门拜年闹红包、正月十五的闹元宵，庙会与赶集的热闹、宴席欢声笑语的热闹，等等。而庚子年的这个春节，一下子不让出门，不让聚集，一切变得冷清的时候，我们变得无法适应了，连手脚都不知道放哪儿合适了。

我们不习惯寂静了。其实，这正是我们关注点存在的盲点。

在20世纪60年代初期，一位名叫蕾切尔·卡逊的女记者也是科普作家写了一本书，就叫《寂静的春天》。她通过大量的调查数据，写出了有毒的化学药品对环境的伤害，造成了生态的破坏，整个春天里听不到蛙鸣鸟啼，世界一片寂静。她在该书的第一章"明天的寓言"里就描述了一派寂寥荒疏的似乎就是世界末日的画面：这是一个生气全无的春天，没有鸟、蜜蜂、蝴蝶，只有一片寂静覆盖着田野、树林和沼地。连垂钓者也不来这里，因为鱼儿也绝迹了。她关注这个寂静的春天,提出了要中止农药"六六六"药粉的生产,因而推动了一场保护生态环境的革命。自然,她也遭到那些农药生产者的强烈攻击。她的书就像斯托夫人的那本可以引起美国南北战争的小说《汤姆叔叔的小屋》一样,具有极强的冲击力。

卡逊从春天的寂静里听出了异样,这是一种生命的大关注,是一种关心人类命运的大情怀。今日我们面对这场寂静,难道不能好好关注吗?这用生命与血的代价换来的寂静,我们能不好好倾听吗?它难道不关系到我们国家、民族乃至全人类的命运吗?我们不能从这种从未有过的寂静中获得某种启示吗?

寂静中有生命的呐喊,自我的反思,灵魂的拷问。我们曾经有过寒食节,在那一天不能生火,为的是纪念一种骨气。农历庚子年除夕的前一天,阳历公元 2020 年 1 月 23 日,能成为我们的禁足静思日吗?就如犹太民族所拥有的安息日一样。

寂静无价。

二

在追寻新冠病毒来源的时候，很多人都在呼吁要禁止野生动物的交易市场，要大家都不吃野生动物了，这的确是天大的好事。其实这从2002年11月至2003年5月"非典"爆发时期起，这种呼吁一直都在。但为什么就屡禁不止呢？

这就是市场，是消费，是习惯——极坏的习惯导致的。如果没有买方市场，没有消费者，这吃野生动物能形成风气吗？市场消费的数据告诉我们，自2012年"八项规定"出台制止公务吃喝之后，餐饮业呈U字形走向，这两三年几乎都是普通老百姓出入餐厅了。如果我们每个人都不吃野生动物，那市场还存在吗？保护野生动物有法律、有规则，关键还在我们自己的心里有没有规则。

随着经济的发展与国力的增强，我们的消费习惯的确有些太畸形了，也太大手大脚了。攀比，炫富，一切不达豪华、顶级不罢休。我们不是森林大国，资源也很有限，但我们用起纸巾来毫不吝惜。在泰国与日本，五星级酒店的餐厅里也不随便放纸巾，你如果需要的话要向服务员讨要。日本天热的时候，上班的男人们都备有一条汗巾。

这恐怕就是文明，文明靠什么养成？靠习惯。在口袋里装一条手帕，我觉得用它并不是土，是良好的习惯。不吃野生动物也要成为我们的好习惯。

在张贴标语呼喊口号主张与提倡一种观念与价值的时候，我们是不是总是将自己排除了呢？

从我做起，我们往往对之视而不见。

三

在这场没有硝烟的战争打响之后，这些天最爆款也最泪奔最鼓舞人心的就是那些"逆行者"了。坚毅而心怀大爱的钟南山院士，处处透露温情与诚意的李兰娟院士，年三十晚上从上海奔赴武汉的军队医务人员和其后不断从地方与部队赶去支持湖北的医务人员，建造火神山、雷神山医院的建设者……他们都是我们民众的守护神，是我们民族的脊梁，是时代的英雄。

将他们称为"逆行者"，是因为他们"明知山有虎，偏向虎山行"。在有危险的时刻还要挺身而出,这是需要勇气与大爱精神的。看了四川那位女医生的丈夫在送别他妻子时说的"只要你平安回来,老子包一年的家务",你觉得这平安的祝语中不包含着生离死别的意味吗?看着那些印满红指印的请战书,你不觉得那就是上战场的"生死书"吗?

看到湖北两位年轻的医生,他们已经回家准备过节了,但疫情一公布,武汉封城交通受阻,他们却想方设法返回武汉的医院,最后在交警的帮助下去参加抗疫。这怎么理解?用英雄,用大爱,用高尚,这些字眼都不过分,但我理解他们所秉持的就是他们的初心——医者的"敬业"。因为他们是医者,他们没有忘记最古老的希波克拉底誓言,没有忘记他们学医从医时的宣誓:健康所系,性命相托,救死扶伤,不辞艰辛。在新冠病毒威胁到同胞生命的时候,他们不能不在场,更不能当逃兵。

这就是我们经常见到的社会主义核心价值观当中的两个字"敬业"。我们说要向这些逆行者致敬学习,那就从这两个字做起。如果我们都做到了这两个字,我们就能为国分忧,为国出力,核心价值观就能从我们的手中构建起。

初心不是空洞的，就是我们从事任何事情的动机，是我们职业生涯的出发点，是我们追求幸福人生的原动力。医者的高尚就在于他们不忘初心，不负职业使命。这些英雄也是人，是丈夫妻子、父母儿女，他们也有痛楚，他们非常清楚出征的风险。他们流泪，为人类的生命受到威胁而流泪；他们不是不知道危险，而是知道履行自己职责时不能退却。他们的高尚就建立在敬业的基础之上。

国家兴亡，匹夫有责，怕就怕承担了一种职业责任在身而不敬业！我们最痛恨的也就是那些尸位素餐者！

抗疫医院里没有辞职的保洁员是敬业，那些在高速路口测温的交警公安是敬业，那些整日奔波在社区为防疫抗疫工作的人是敬业，那个冒着风雪坚守在检查点的人是敬业，那些还在为人们送菜送快递的人也是敬业，尽管他们没有医者那样直接面对患者的危险，但他们依然是高尚的，同样要得到我们的尊重。

所谓平凡中见伟大，危难时见英雄，敬业看起来最平凡，但真正做到其实不容易。

我们是不是总想着干大事伟业而忽视平日的职业呢？

四

信息轰炸，恐怕是这些日子里体会极深的。大家宅在家里，在信息不明、情况不清的时候只有看手机，离开了手机就魂不守舍。最初是越看心里越没底，再看反而是心里有主张了。为什么？因为虚假的信息多了，网络的暴力多了，网络中的自相矛盾或者被揭穿的假象教育了我们，我们不再盲从了。

这其实是一次极好的自我教育的机会。

我们日常在微信朋友圈里做得最多的就是点赞，因为微信里设置的就是赞与评论。评论要花功夫去思考，赞只需手指一动，这是为懒汉设计的程序，所以我们动不动就是点赞。微信里最常用的那些表情包排在首位的总是竖起的大拇指。但当我们不经思考就随意点赞的时候，后来发现却是有问题的了，有时候我们是上当受骗，更有甚者有时候我们还成了恶势力的帮凶。懒汉式的点赞总是要付出代价与成本的。

网络场也是社交场，网络微信群也是部落群，当整个社会的网络聚集在一起信息海量般涌现在你面前时,你真的是感觉到无从把握。当网络中暴戾气越来越重时,你会感到一种莫名的恐惧。

这时候,需要的是你的分辨力、判断力了。"两眼自将秋水洗,一生不受古人欺",前人能在海量的古籍文献和话语里放出自己的眼光,我们现在难道就不能做到吗?分辨力和判断力是产生定力的基础,盲从就只能随海浪漂浮,最后六神无主。

抗疫时医者是高尚的,是英雄,是天使,不抗疫时网络信息会把他们妖魔化为吸血者,这是正常的吗?当可尊敬的医者要成为弱者也需要保护的时候,这个社会正常吗?每当经过小学校门口看到那些持钢叉的保安像一尊门神那样站在门口保护小学生,我的心里就发痛,如果有一天我们要在每个医生就诊的门口都派一个持钢叉的保安保护他们正常行医,你不会觉得生活很荒谬吗?发明的钢叉是神器,而我们心中的神却没有降临。对生命的尊重,对职业的尊重,对弱者的同情与保护,这就是平等,就是友善,就是灵魂,是我们心中的神。我们社会包括网络社会少一些戾气而多一些宽容和理解,我们心中就会多一些平静与安慰。当我们平日在网络里痛斥医生的时候,我们没觉得存在问题吗?当然,我不否认从医者中有个别劣迹斑斑的,但把个体扩大到整体、扩大到一个行业,我们做得合逻辑吗?

当全社会都认同以暴抗暴、以恶制恶的时候,社会的死结会越解越死;当戾气充满全网络社会时,我们何以说我们是一个中华民族的命运共同体?我们与医生们不在一个共同体内吗?构建人类命运的共同体那就更加遥遥无期了。

有诗人说生活就是一张网,没错。网络社会是把双刃剑,我们不讲麦克卢汉"内爆"理论的高头章,但知道虚假与带病毒的信息会一寸一寸地吞噬我们黄金般的光阴与生命。我们千万不要被"网"遮蔽了双眼,"网"住了思想。

放出你的眼光来,不要盲从。拿出你的思考与判断来,不要偏信。打开你开阔的胸襟来,不要偏激。

赤水情缘

赤水,一个回荡在我耳边无数次并让我梦回魂牵的著名胜地,一个被誉为"地球红飘带上的明珠"的红色圣地。在踏入它的领地之前,我满脑子就是红色的队伍与红色的旗帜在它的上空来来回回,飘来飘去。但游历过赤水之后,嵌入我脑海的却是一幅绿红白青蓝的斑斓画卷,它让我对赤水产生了新的情缘、新的念想。

8月的赤水,正是酷热之季,我们一行8人带着南方的蒸腾之气,一头扑入赤水。我们好奇的是,这块让红军起死回生的土地究竟有着什么样的魔力?

我们就这样在赤水上来来回回了N次,为的是领略赤水的革命情怀与山川胜景。

水还是那片水,河还是那条河,然而,80年之后红军渡过的那条河的两岸景色却是那么迷人,那么令人遐思无限,那么令人心驰神往。

红军三渡赤水的茅台镇是我们踏入赤水河的首站。1935年3月16日至17日,红军在茅台镇分三处搭建浮桥进行第三次横渡赤水。如今在茅台镇对岸建起了红军三渡赤水的纪念公园,山顶上矗立着一座形似渡船又似火炬的雕塑,山下的浮雕墙上则记录了当年红军四渡赤水的场景。从公园到镇主体城区之间建起了一座铁索桥,可供游人来往。站在纪念公园的桥头往茅台镇城区眺望,只见偌大几个山头,从河畔到山顶,层层叠叠,布满了各式各样的楼房,有传统式的两三层高的民房,也有高十余层的现代建筑。这哪里还是往日概念中的镇,分明是一座城!

到了夜幕降临之际,这山城的景色则让人惊艳不已。在铁索桥头的河畔广场上,当地居民的广场舞跳得欢快而热烈,吸引着游客也参与其中,过把舞瘾;架设在赤水河里的灯光音乐喷泉在晚上8点准时开始,那水柱时而像一条条飞龙,随着音乐在空中摇来摆去,那便是水上的龙狮会了；时而又如一排排琴键，高低错落，拼接出美妙动人的音诗画面。朦胧灯光下的那座标志性雕塑大酒瓮，远观仿佛如外太空飘来的飞碟，充满着一种神幻感。回过头来再看山城的灯火，迷离中仿佛置身于天上的街市。夜深了，从我下榻的杨柳湾酒店走出来，东西南北都有延伸的街道，酒吧、小吃店、工艺品店、酒类专卖店、茶叶店，一家挨着一家，让你不知走向哪一家而陷入选择的困惑。

茅台镇，它不仅仅是闻名遐迩的酒都，而已然是一处游人如织的工业旅游加革命传统教育的旅游目的地了。

漫步茅台镇上，整个镇都笼罩在一种酱香型的酒香味中。游客依味而寻便能找到那著名的茅台酒厂。酒厂内设有茅台酒文化博物馆，讲述茅台酒厂的历史与成就，介绍茅台酒制作的工艺流程，也引导人们去探寻中国酒文化的博大精深。其中的历史叙说中，就有当年的茅台酒为日夜奔波的红军做出莫大功绩的故事。在那缺医少药的战争中，红军就用这里的高度酒代替酒精，为战士们治疗创伤，包括为他们脚上的水疱进行清洗消毒。传说周恩来总理在解放后称赞茅台酒时就说出了"茅台是为打仗的红军做出过贡献的"誉词。酒厂内的制作车间尤其是酿造车间自然是保密而不能参观的，而在包装车间里，我们看到一瓶瓶茅台通过传送带缓缓送出，被工人们打上茅台酒厂专属系法的红绸带，最后被装入纸箱，打包后运出车间。也正在那时，我的脑海突然闪出一个画面，那一排排井然有序的茅台，仿佛就像当年那集结茅台渡口整装待发的红军队伍。当年的茅台为红军战士们消除了疲惫与伤痛的困扰，而正是有了红军的赤水突围，才为茅台人民乃至中国人民打下了晴朗的天空，也才会有今日茅台走向世界的辉煌。茅台酒就这样与红军与革命结下了不散的情缘。难怪新中国成立以后，许多经历过长征的解放军将领重返茅台时，都会在这里畅饮忆旧，回顾当年茅台的功劳。

今日的茅台，已经是跻身于世界500强的大企业，是一家实力雄厚的上市公司。在茅台酒厂招待所，我邂逅了老朋友原贵州大学副校长、如今正在筹办茅台学院并担任院长的封孝伦先生，他跟我介绍了茅台学院未来的设想，其中的目标之一就是要将这中国传统的白酒酿造技术传承下去。想茅台之酿造，既得此地的独特地理与气候条件，也得益于五月端午取水造酒曲、重阳节取水蒸第一批谷物并开始一年的头一次酿造的传统制作工艺。想不经几年，在这条美酒河畔会建起一所传统与现代相结合的厂办大学,也是醉了。

茅台镇,按现在的行政区划在仁怀市,而它地处赤水河下游,属于赤水河流域。茅台因赤水而生而兴,赤水也因茅台而更为响亮、更为亮丽。

沿赤水河溯流而上,就到了红军一渡赤水的地方——土城了。此处河面宽阔,水流轻缓,1935年元月28日,红军在毛泽东、周恩来的指挥下就选择这里作为渡河的地点。经过28日一天与川军的激战,红军在29日胜利渡河。为阻击敌军,保障大部队渡河,1000余名红军将士英勇捐躯,长眠此地。如今,在土城内还保留有红军总司令部和总参谋部驻地、毛泽东住所地、红军开仓分盐遗址与"长征街"等。2007年土城建起了红军四渡赤水纪念馆和纪念碑,时任中央军委副主席张震为其题写了碑名。

土城最早建于公元前11年,西汉时已在此地设县,元明时已成为川盐入黔的重要码头和集散地,现在也是中国历史文化名镇。因为有红军一渡赤水,土城变得弥足珍贵。土城之城,高悬在陡峭的崖壁之上,上望屋上青天,下临红涛滚滚,许多吊脚楼的屋柱竟达十几米之高。为了保护好历史文化遗迹,当地政府并没有因建美丽乡村而去改动镇的原貌,而土城对岸与周边的农舍为了发展旅游,都已进行了新的改造。我想,就让这土城的旧貌与如今的农舍作对比吧,留下这个参照物才更会见出历史的沧桑沉重以及今日乡村的发展。

赤水河边最抢眼的自然就是这些新农舍了。在全景赤水、全域旅游的观念驱动下,乡民自动加入了迎接旅游的行列,尤其是地处公路两旁的农舍,粉壁青瓦,有的中间还勾勒出红色的腰线或窗户的线条,在绿树环抱中显得婀娜多姿,活脱脱一个个小家碧玉,笑盈盈招呼着八方游客。四周的山峰峻峭奇伟,直插云天,几乎都需要仰头才能看到山顶。偶尔出现一小块平坦之地,也是一块块农田相接,其边缘处则是竹茂林深。时有白鹭惊起,横空而过,点缀在蓝天白云青山的背景中,如一幅绝好的中国画,又可令人联想到欧洲瑞士的风光,只是缺少雪山而已。

如果在农家里吃一顿饭,那充满土味野味的餐食则不仅会令你食欲大开,还会令你眼界大开。比如产于竹林里的食品,就有竹荪、竹荪蛋、竹花、竹笋等。竹荪我们都见过,而竹荪蛋则第一次见。其实它就是竹荪的初始状态,是一种菌,因为还未冒出地面,在地下呈圆球的形状。吃时须剖成两半或切成多片,放鸡汤里焖或煮,盛上桌香气四溢,夹起来时滑溜溜的,塞进嘴里入口即化,会让人大声惊叹:爽!那竹花呢?并非竹上开的花,而是雷雨季节温湿气候里长在竹林里的地衣,因铺长在地上如花般散开,故曰"竹花"。它就跟长在岩石旁的地衣(俗称"雷公屎")一样,都是美味可口的山珍。赤水流域盛产竹子,是著名的竹子之乡,有竹类品种三百余种,仅楠竹就有51万亩,竹林总面积和人均面积都居全国之首。在这样的竹海之中,还愁没有各种罕见的食用植物吗?想当年的红军,粗茶淡饭,危急时刻也顾不上享受这些美味,也只有我们这些后来人,才能在革命成功之后的今天置身新农家,享受这悠闲的旅游时光和美食。吃水不忘挖井人,这句常用的俗语很自然地就浮到了我们的嘴边。

  赤水河属长江水系,是长江的一级支流,它处于云贵高原向四川盆地的过渡地带,有着壮观的丹霞地貌,也因为河谷相对封闭、空气湿度较大、温差大的原因,有着侏罗纪残遗的珍贵树种桫椤。桫椤属二级保护植物,赤水的整个自然保护区内达4.7万株,是全世界分布最集中的区域,有桫椤王国之美称。桫椤树冠如伞,枝干如铁,树叶如展翅的凤凰。在阳光的照耀下,绿叶顿时化作金光,透明晶亮,仿佛一个个身披斗篷正在站岗放哨的战士,又宛若一个个忘情展袖而旋的舞者。

赤水之景的奇妙有五:森林、流泉、瀑布、丹霞、禽鸟,而让我印象最深也最感震惊的当属它的瀑布。其中最有名的就有四洞沟瀑布、燕子岩瀑布和赤水大瀑布。

四洞沟瀑布离赤水城最近。它其实是一条河顺山顶而下,由于地势的落差,形成了四个瀑布。当地的土话将瀑布叫作"洞",四洞沟就是四个瀑布所在的沟,故名四洞沟。这正如藏语将湖称为"措",纳木错就是纳木湖了。四洞沟之瀑主要在三洞和四洞。三洞在于瀑形的奇特,银色的瀑布从一酷似青蛙的巨石两侧泻出,落入潭底,谓之"巨蛙沐浴"。四洞之奇则在于瀑布的水势集中,银涛汹涌,如白龙出洞,飞流直下,冲击着地下的岩石发出雷鸣般的吼声,谓之"飞龙瀑"。

相比于燕子岩瀑布,四洞沟瀑布只能算是初级了。燕子岩位于半山腰上,从山下往上爬,还未抵达观瀑亭时就已听到巨大的轰鸣声。再续行 20 米，透过林木的间隙，就能看到落在乱石上飞溅起来的水花，并感觉到一股清凉之气掠过。等走进观瀑亭，水雾弥漫，带着风迎面袭来，冷冷地竟让人猝不及防。放眼平视，只见崖下巨石累累，从崖顶砸下来的水在巨石上被摔成无数碎片，颇有"银珠玉盘"之感。抬眼而望，则可见到水是从近百米之高的崖顶分几股纵身飞下的，透过瀑布还可看到它后面红色的崖壁。远远看去，就像一张巨大的珠席，悬挂在绿林丹壁之间，又如一古代的美男子，长须飘飘，潇洒倜傥。当我们沿盘山道拾级而上，穿过燕子岩行走在瀑布之后时，抑制不住的兴奋与惊奇使人禁不住会喊出来："喂——喂——喂……"这似乎在呼喊对面的群山，又似乎是在呼喊飞流直下的白练。总之，此时此刻，总想找到一个可以对话的对象，去诉说那对美与惊奇的赞叹。更妙的是，游人还可以翻上这瀑布后面隐藏的山顶，去探寻水的源头。就在山顶，竟然还有一帘酷似莲花台座的瀑布，玲珑别致，细细品味有一种典雅肃穆之感，与下层所见的飞瀑形成一动一静的鲜明对比。

与燕子岩瀑布风格相异，赤水大瀑布则以水大幅宽、气势雄浑而闻名。赤水大瀑布原名十丈洞,也就是十丈之高的瀑布。当地百姓算着它超过十丈之高,故如此取名。其实它远远超过古代的度量衡十丈,它高76米,宽80米,与黄果树瀑布相比,高度差不多,宽度则少近20米,但在丹霞地貌上是最大的瀑布,也是长江流域内最大的瀑布。它与黄果树瀑布相比在气势上毫不逊色,但在景观的胸怀上却比黄果树瀑布显得更为亲民,因为游人可以跑到它正面的龙女潭前嬉戏,或玩水,或站在两处巨石的平台上欢呼雀跃,摆出各种姿势照相。当然,不管有风无风,那都得预备着雨衣雨伞,否则会被瀑布打起的雨雾沾满全身。但即使这样,大家也乐得被淋,仿佛不沐浴一下这仙水玉珠就不能尽兴一样。与黄果树瀑布的孤独相比,赤水大瀑布则有一群伙伴,它的附近就有中洞瀑布、蟠龙瀑布、两河口瀑布、鸡飞崖瀑布等等。

赤水就是这样以千瀑之乡而出名的。仅在赤水大瀑布景区的大门口,就有观音寺瀑布和迎宾瀑布,这两处瀑布就是赤水大瀑布的前奏了。而在赴赤水大瀑布的途中,坐在车上,有时拐一个弯就会见到一道瀑布,连续拐弯就会见到好几道瀑布。有时刚看完一道瀑布还未等你回过神来,另一道姿态新颖的瀑布又挂在眼前了。有时,瀑布就在公路边,车身与它擦肩而过,你想回身看看已经来不及了。这时,你得有思想准备了,因为瀑布随时都会在你的头上或脚下出现,或是在不远处的林间飘出,让你目不暇接。

赤水的瀑布让你百看不厌,百听不烦。过去有道是:华山归来不看岳,黄山归来不看雾,九寨归来不看水,赤水之行则让我体会到"赤水归来不看瀑"了!

水还是那片水,河还是那条河,80年之后"装点此关山,今朝更好看",赤水河流域的人民将旅游当作支柱产业,将绿色森林、流泉飞瀑、饱满的负离子、丰富的山区特产都奉献给全国的游客,这又是他们继承红军的精神在新长征路上再创新功绩的表征吧。

回穗多日,我还在回味这次与赤水的结缘和得到的新印象、新收获,何时,我能再度去品味赤水呢?

问向苍天"红军井"

自从去年夏天看了那口难忘的"红军井"之后,我心里总是在念叨着该写点什么了。是了,又到了桐树花白的季节,那洁白的花朵就是为祭奠那些为革命牺牲的红军英烈的。

40年前,我就听我在县武装部工作的大哥讲述过湘江战役中红军在我的家乡广西灌阳新圩阻击从恭城、贺州来支援国民党中央军的桂系军队的故事。当时的战斗异常激烈,前所未有,许多被打散或受伤的红军战士流落在灌阳新圩的乡间,有的被当地百姓救下后来隐姓埋名存活下去，有的则被当地反动武装民团搜了出来惨遭杀害。1980年，我曾经在县里的文艺杂志《灌阳文艺》发表了一篇长篇叙事诗《桐树花白》，写的就是湘江战役中被老百姓救下的红军伤员隐藏在乡间，领导农民抗税最终被民团发现，为保护百姓战士跳崖牺牲的故事。故事虽然是虚构的，但受伤的红军战士散落在民间得到老百姓的救护则是真实的，而我要传颂红军革命事迹的动机也是纯之又纯、真之又真的。

2017年9月初秋，一则新闻传出，位于灌阳县新圩镇和睦村的酒海井揭开了红军遗骸的打捞工作。1934年红军长征路上的第一场恶战湘江战役中，百多位年轻的红军伤员被反动武装沉进了名叫酒海井的石洞里。酒海井实际上是一个喀斯特地貌的岩洞，因地下水冒出像水井而得名。现场打捞出20具遗骸，经中山大学人类学系的专家鉴定，就是当年牺牲在此地的红军战士。关于酒海井内有百余名红军烈士的故事一直在当地流传，此次打捞就是为了让红军烈士的英魂可以早日入土为安，将其葬于2016年在此建起的红军烈士陵园内。

这酒海井于是有了广西"红军井"的别称。

酒海井吞噬了百多位红军战士，自然是丑恶的，看了那黑咕隆咚的井口和还流淌着地下水的深坑，心里更有一种痛惜和仇恨。那么多年轻的生命就在12月的寒冬里被剥光了衣服五花大绑推入井中活活淹死！酒海井当然也是无辜的，可恨的是那些丧尽天良的反动势力，是他们的狠心毒手让这井从此成为冤井。

问向苍天的酒海井就这样默默地等待着冤情的公开。

时隔80多年，酒海井才得以挖掘，这段艰难悲惨也是正气薄云的历史才被打捞出来。在红色革命的历史上，"红军井"在许多地方都有，如江西瑞金、福建南靖、四川宣汉等，那些都是红军为当地百姓掘井汲水的温情故事，唯独这广西灌阳的"红军井"，却蕴藏的是悲情和令人伤痛的历史。如今，在酒海井边上建起了红军烈士陵园，其中的红军烈士主墓冢依山而建，高大雄伟，烈士忠骨埋入山体中。墓的顶部是一顶硕大的红军帽的造型，纪念馆广场上矗立着一把刺向青天的红军刺刀的雕塑，象征着红军力量的坚不可摧。最令人难以忘怀的是纪念馆后面甬道两旁的石壁上，密密麻麻地刻着牺牲的红军战士的名字。其实有的根本就没有名字，只有姓氏，比如叫朱弥驼子、修马金子、马玉哩子、刘小子女之类。名字后面有的写了年龄，仔细看过去，很多战士都只有二十来岁或者十六七岁。这些名册都是根据有关部门所能提供的红三军团第五师第十四、十五团和军委炮兵营名册中记载已牺牲的红军战士。那一个个名字沉甸甸的，让我们捧在心上印在脑海，那是一颗颗闪烁的星星，永远照耀在共和国的大地上。正是这几万名红军将士用自己的血肉之躯，抵挡住敌人的猛烈进攻，铸就了一道钢铁防线，创造了世界上的一个传奇，掩护中央红军渡过湘江进入贵州，从而保存了革命火种，才有了万里长征宏丽画卷的展开。

时隔八十多年，问向苍天的"红军井"才有了正视那一段被隐藏起来不敢多究的历史的机会。正是在1934年11月末的那段时间里，红军因为失去了领导核心，才不能果断决策，延误了最佳渡江的宝贵时间，给红军造成了重大的损失，三万多名将士捐躯于湘江之侧。如今我们重提这段历史，自然是为了总结与回顾，但更重要的是祭奠那些英烈，宣扬他们的硬气、骨气和正气，证明无论道路如何曲折，由钢铁意志组成的中国共产党人是打不垮摧不毁的！我们要继承与弘扬的就是这种红色传统和革命精神。

时隔近40年,我再度走近这段历史,以一片敬仰之心写下这篇文字,让它与家乡山上盛开的白色桐花一起祭奠那些永远镌刻在人民心中的英烈。据广西的朋友告诉我,广西文艺界正在创作一部大型歌剧《湘江战役》,就是以红军在湘江上游的灌阳、兴安、全州的英雄故事为底本去写的,相信到那时,"红军井"的故事将会广为流传。

生命是一部书

那是一座西式的墓园,洁白的墓台上,墓碑是一本打开来的书,左边刻着死者的出生年月日,右边刻着他去见上帝的日子。就从那一刻起,我的脑海里就无法驱除那本书的影子。

我为墓碑设计者的精巧构思而赞叹,同时也在思索:大千世界,众生皆有自己的一本生命之书,各具情节,各有风姿,才有这世界的丰富多彩。

人从娘胎落地,就揭开了他那一本生命之书的第一页。人的童年与少年时代纯朴而真诚,生活往往是平静、平和的,鲜有什么惊世之举。青年阶段往往是仓促的。他要急急忙忙地往前赶,他要进入社会,他要建功立业,他一心瞄准的是前面的目标。他或她往往经受不住甜蜜与温馨的诱惑,早早地结束自己作为儿子或女儿的身份,充当起丈夫或妻子以及父母亲的多重角色,匆匆地把自己的那本书翻到了高潮的前夕。此时,矛盾的交织、关系的复杂与在社会中的角色定位,使他或她真正意识到谱写人生之书的重要与沉重。

40岁以后的书页往往才是真正有滋有味的,才有看头,有写头。这时候,人会更务实,更珍惜每天的日子,更重视自己的每一份成就与失误。这时候的心境,每过五年就有不同的体验,都会产生不同的喜悦与感慨。一次次人生的冲击,使他的生命之书掀起一次次高潮。然而,高潮迭起终究使他感到疲惫不堪。渐渐地,他感到力不从心了,不知不觉中他已经滑入"知天命"的时段。此时,他要考虑书如何结尾了。

人的生命之书就由我们个人的一言一行一事所写就。一分耕耘一分收获,你的书是厚重的还是轻薄的,完全取决于你的行为与实绩。有的人很喜欢把生命之书当作一册相簿,里面的照片花花绿绿,煞是辉煌耀目,然而究竟有多少真实的成分和有价值的东西，却是颇为令人生疑的；有的人总在打扮之后并做出姿势去拍摄一些假象，想以此去哄骗世人，这无异于拿自己的生命开玩笑。人生可以说是一场戏剧，无论正、喜、悲剧，都有其实在的价值，但人生绝不是一场游戏。游戏人生，也就是扼杀人生。

人人都在谱写自己的生命之书，同时又在充当着这本书的阅读者。我们看周围的人，如同读一本还未写完的书，有时为他的成就拍手叫好，有时为他的失误扼腕叹息，有时还为他下一步的情节担忧，甚至为他做某些预想。而对于我们自己的那本书呢？我们充当过读者吗？我们是否去问过自己的朋友或同事，他们读你这本未完成的书时有何观感？

在人生之旅中，我们不妨多读读自己这部生命之书，并且为今后能有个灿烂动人的高潮和漂亮圆满的结局而多做点构思。

戒台读松

我从北京西山的八大处赶往戒台寺,那天正好有风,在山道上就已听得松涛阵阵。早听人说过,戒台寺之著名,在于它有名松数棵。于是,我一入山寺,就到处寻找那几棵名松。其实,也用不着刻意寻找,看哪儿的松树前围的游人多,就可知那就是名松了。

名松当然有名松的气派与风度。植于辽代、已有上千年历史的"卧龙松"与"九龙松"便是如此。卧龙松正如侧卧之龙,躯干壮硕,鳞片斑驳。龙首端庄而不暇他顾,龙尾潇洒地伸向大雄宝殿的檐角,确有一种尊者的高标与闲适自如的气度。它似乎毫不顾忌人们对它的评头品足,说三道四，松风掠过，毁誉也就被吹得一干二净。九龙松是一株奇特的白皮松，其主干一米多处就分为九条枝干，如九条银龙分头向苍穹飞腾而去，树顶枝叶婆娑，葱葱郁郁。那无鳞而光滑的枝干，如千年处子，真实而坦荡地裸露在天地之间。它使我想起庄子"解衣磅礴"的故事。九龙松裸而伸展，正由于它心无挂碍，坦荡真实，故千年下来仍生机勃勃，充满活力。

相比之下，那有名的"抱塔松"便让人感到猥琐与可怜。为了造成护塔的假象，寺中僧人在它生长过程中，有意折曲并压迫它的枝干向墓塔生长。这种畸形的躯干令人想到猥琐而谄媚的臣仆，它跪习惯了就永远站不起来。所以，它已经有点枯黄，病恹恹的身躯不得不让人用几根铁柱来撑住，以免它完全瘫倒在地。

"自在松"实际上是个假冒者，真正的自在松种植于唐代。据史载，那松树冠博大高耸，风度翩翩，只可惜在五十余年前被毁。如今的这棵毕竟小家子气了，怎么看也感觉不到自在。这"活动松"亦不过一媚俗而供人娱乐的俗者。它因为牵动一枝而能动全身出名。据说清乾隆皇帝来寺游览，对此松甚感兴趣，故常来牵动松的枝杈使树冠抖动，以此取乐。此松是以怪的表演闻名，就如当今书坛常有人以脚趾或口衔毛笔作书一样，表演得很像回事，其实并无真功底，不过以怪异而沽名耳。

寺内的许多无名松倒是很耐看的。在山门殿后，就有一伟丈夫者。它体形高大，枝叶密如浓云，仰首挺胸，气宇轩昂。远观如一独立傲视的雄鹰，虽敛翅而志在凌霄。伫立树下而仰视，但见积翠深杳，如胸藏万卷兵书的将帅，真有"腹有诗书气自华"的气概。戒坛大殿后面也有数棵气势不凡的古松。树下静观，只见其粗头乱服，虬枝刚健。虽难名之，却自有另一番意趣。它们恐怕是在野者，难得有人光顾，因此也就不讲什么规矩与礼法，怎么活得痛快就怎么长罢了。无名者没有什么累赘，活得潇洒，并不见得就比那些出名者少些内涵。只是那些趋名弃实的围观者，常常只绕着那几棵名松转，而忘却了大千世界中还有无数可作深观的风景。

观鹰随想

记得少年时期,常见鹰在乡村的田间屋舍盘旋,吓得鸡的家族可怜兮兮地四处逃命,我心中就很恨这恃强欺弱的恶霸。尽管后来读到诗文里赞颂雄鹰展翅以及俯冲的力与美,也看过大画家李苦禅画中那目光炯炯的鹰隼,但却难以改变我见过的老鹰抓小鸡时的残忍印象。再后来,读到西方美学中的"距离说",才知道观赏一件事物,要拉开一定的距离,并且要处于无功利的地位,这才比较容易接受各种鹰画、鹰歌,以及把我们可爱的战士比作草原雄鹰的说法。

1995年到了香港岭南学院做客座研究员,住在港岛半山之上的教师宿舍里,见到了至少阔别二十余年的鹰。那只鹰常在屋顶上或树梢上慢慢地转悠。但它只是转圈而已,既看不到它有俯冲的姿势,也没有听到居民驱赶它的喊叫声。因为它的确没有什么食物可猎,居民也不把它当作什么威胁。它最终又缓缓地回到树间歇息去了。

我想,这只鹰肯定是一只心情极为不好的鹰。它既当不了入侵的强盗,也当不了欣赏戏剧的观众,所以只能郁闷地归巢。看它那转圈的神态自由而散漫,既无目的,也毫无冲动,优哉游哉,可能是刚刚在山上吃饱了出来遛达,以助消化的。山上经常有人给松鼠设立食盘,想必也有人会给鹰也摆上荤菜素食之类。我甚至怀疑,当看到一只鸡或小鸟时,它究竟还会不会拼搏一下,把鸡们、鸭们当作一顿美餐的。香港诗人陈德锦,在其诗作《鹰》中曾说到,是港湾的油污与气流中的黑烟使得鹰们不再飞得太低。不过,我以为,没有必要飞得太低,才是它的根本原因。

可惜的是,我不可能看到它的眼神,我猜想那眼神也定是呆滞的:长年的无所事事,早使它对一切都看得无所谓了。而现代社会中的许多画家,仍把鹰的眼睛画得那么有神,大概更多的是出于某种理想与愿望吧。台湾诗人洛夫在诗中说:"鹰,乃一孤独的王者。"其实,那只是他本人那种孤傲精神的投射而已。在现代社会的多重压力之下,鹰往往只是一只孤独的飞禽与普通的栖居者。

过年与梦

小时候,都盼着过年,过年可以穿新衣,可以放炮仗(桂北将鞭炮叫作炮仗),可以打陀螺,可以看杀猪,可以与小伙伴们尽情地在长满绿肥的田里打滚、追逐……一句话,梦里都想着过年。虽然小时候乡村生活是清苦的,但一年到头了毕竟可以放开肚皮吃几顿肉,好好地串串亲戚,开开心心地玩啊乐啊,幸福好几天哩。

等到上了大学,又继续读硕士、博士,后在高校任教又不断要评职称、建学科,这年过得就总是忙碌的啦!因为总要忙着考试,忙着写论文,忙着做课题,忙着填表,就这样忙忙碌碌,一晃眼竟然30余年就过去了。过年的清闲已渐渐在日子里淡化。留下深刻印象的倒是那过年期间的忙且痛快着。记得1993年的春节，大年三十了，我还在忙着读英语，因为要晋升教授就得考外语。小孩放假了，也顾不上带她们去玩，准备春节年货及食物，都交给妻子去做了。当教授当博导的梦也就在忙碌的一年又一年中终于实现的。它或许与小时候梦着过年的愉悦不一样，但这毕竟是人生过程中阶段性的梦的实现。相信与我有同样经历的高校学者们，这些年头也都是在逐梦中忙碌、在忙碌中圆梦的拼搏中度过的。

对一个学者而言，当然也不仅仅只关注实现自己的梦，他总是将自己的学术研究与推动时代的进步连在一起，也是与实现民族的伟大复兴之梦连在一起的。过一次年，检点一下自己的成就，再看到社会的向前发展，心里总是愉悦与幸福的。同时，又会憧憬着新一年的梦（其实是新一年的学术计划），当然也会对社会变得更为美好怀着期冀（这也是梦之一种）。现在有人说，打开电视都是好消息，打开电脑都是坏消息。这不一定完全符合事实，但至少也说明了这个社会还存在着有待改善与完善的地方。可是，这要靠谁来改进与完善呢？恐怕谁也不能袖手旁观，只是抱怨而无行动是不可取的。"空谈误国，实干兴邦"，同样也要体现在学者们的身上。没有人文社会科学为增强国家文化软实力做支撑，为社会主义精神文明建设创造更良好的环境与氛围，又怎么能兴邦？怎么能圆中国梦呢？

其实，人生的过程就是由一个又一个梦串起来织就的，有的梦圆满些，有的则不怎么圆满。人生的甜酸苦辣也就是圆梦过程的幸福与痛苦，这便是人生的经历。至于在过年时候来谈梦，那是因为过年是人生经历中的一个时间节点，在这个节点来谈，更方便我们盘点人生，计划人生而已。又有谁从不对人生怀有梦想呢？

雪泥鸿爪忆七七

又到了春雨蒙蒙的四月,潮湿的空气中仿佛又飘荡着熟悉的栀子花香。那是三十年前的三里店校园中飘逸出的同样的香气。为这香气所导引,我似乎又回到那充满着青春、彰显着活力、闪烁着智慧的大学年代。

还记得那用墙报发表作品的日子吗?积压了多年的成果在一时间迸发。没有电脑排版,就只能用手抄,不是书法胜似书法,墙报让老师驻足品赏,更吸引着手端饭碗、一边吃一边看的班里班外的同学。那就是我们当年的"网络"——一片自由自在的园地。当年留下的笑话就是一名还不谙世事的小女同学的发问:"那篇小说中为什么要用

×××？"

还记得那在操场上搬出老师的电视看电视剧《红与黑》的场景吗？黑压压的人头攒动却又无一声响动，大家都全神贯注盯着荧屏，那一双双求知的眼睛就如一口口久旱盼雨的深井，充满着好奇和无穷的幻想。想当年，看电影《小花》时，听有人谈起"意识流"时，我又是多么悔恨自己的无知。或许无人没有肩扛椅子去无线电厂看电影的经历吧，那时的看电影不是为了娱乐，而实在是求知的肚子饿得发慌啊！

或许你们都没有许杰和我的经历吧。为了听英语广播，我们俩有一段时间吃了中饭就去到教室，一起收听那只有半小时的广播英语讲座。对于我们这些20多岁才念起ABC的人来说，毕业时考研究生能考上40多分，真还是幸运的了。为了弥补这一缺陷，我读研究生时足足花了一年半的时间去攻英语，终于过关。其实，类似的经历你们都有，教室里何时不是午夜才熄灯？寒暑假里不是都有很多人在用功？这就是77级的性格和命运！

大家最记得的恐怕就是穿山野餐事件了。如果要遴选广西师大中文系77级（1）班的十件大事，我将列它在首位。正是这一野餐,将同学们之间的感情陡然拉近,因为野餐间突然狂风暴雨骤起,一位女同学的伞被大风吹起来,她险些也被风刮下陡崖,多亏一男同学眼疾手快将她拉住。风紧处,男同学们将女同学包围在中间,充当起护花使者的角色;风过后,男女同学笑成一团。那真是天公作美啊!

如今的我们,虽然各奔东西,各有任务和职责在身,但心却很近很近,因为我们同坐过一个课室,同行过一个校园。正如一曲歌中所唱:"不管你多富有,不论你官多大,到什么时候也离不开咱的妈。""妈"给了我们生命,给了我们一个"家"。这个"家"就是中文77,它永远散发着魅力,吸引着我们不断地回忆、回归,那么甜蜜,那么温馨,那么样地使我们的灵魂为之震颤。

不饮而醉

我不善饮酒，却喜欢酒桌凑趣，这倒不是喜欢嗅那酒香佳肴之味，而是醉心那酒席间的气氛、故事和朋友间的谈兴。比较而言，喝茶使人冷静，谈话也就像不断倒出的茶水一样，越近无味。喝酒则越喝越兴奋，酒酣耳热时谈兴即如春江水涨，堵也堵不住。就连平日里结结巴巴半天也放不出个屁来的人此时也变得伶牙俐齿起来，且常妙语惊人。此种时刻，大家就像赤身裸体浸泡在一个大澡堂子里一样，毫无掩饰地谈自己，谈别人，谈老婆，谈女人，谈光荣的历史，谈错误的现在，几乎所有的痛苦与欢乐都在这一场酒精与话语的浸泡中变成了一种人人均可分享的幸福，这便是不饮而醉。

一次，我和几位部队作家一起喝酒，他们个个都经历过革命大酒炉的锻炼，自然全是豪饮高手，但我作为客人却不能饮，而且态度坚决地拒饮，他们无法达到将我"放倒"的目的，也便失去了劝酒的乐趣。不过，这倒也好，话语的闸门也就拉开了。他们来自全国各地，都有着丰富的人生经历，在酒席上最值得夸耀的当然也就是酒量、酒龄以及喝酒的故事了。

一位出生在北京的作家说，他15岁就到内蒙古昭盟的牧区插队，与贫下中牧打成一片要学会的第一件事就是喝酒。渐渐地，他从只会喝一两杯变成了可喝一整瓶"二锅头"的好汉。一年冬天，他去一家牧民家做客，喝得天昏地暗，跨出门后也不知何往，倒在人家羊圈里就睡着了。第二天早上朦胧之间觉得脸上有热水流淌，他以为是牧民送来了奶茶，张口便喝，一看，羊正往他身上撒尿哩。我们哈哈大笑，又为他的好运气干杯。

听着他们谈自己儿时的恶作剧，谈各自怕老婆的故事，以及出差路上的各种奇遇，让人大饱耳福，端的是不饮而醉。

此种境界当然也不限于当听众,还在于自己做主角,而且也不一定限于酒桌上的演讲。记得我给大学生讲魏晋文学中名士与酒时,总会把当时各种饮酒的故事集中道来,令学生大叫过瘾。我讲到阮籍为躲避司马氏的联姻,连续六十日大醉,终于使此事不了了之;讲阮籍常去一美貌少妇开的小酒馆喝酒,醉了就睡在人家炕上,彼此也相安无事。讲到晋中八达之中还有和尚位列其内,和尚为了挤进朋友的屋子里喝酒,不惜在屋外的狗窝旁学狗叫。还讲到酒仙刘伶,常叫童仆扛一把锄头跟在身后,吩咐说他什么时候在路上一醉不醒时就可就地掘个坑把他埋了。又说他的太太决意不准他再喝酒,他就假意答应断酒,就说在断酒前可让他再痛快喝一顿,赌个咒,从此永不沾酒。太太相信,一一照办。刘伶自然又是喝得酩酊大醉,叫仆人拿来纸笔,趁酒兴写出了一篇奇文——《酒德颂》。学生们听后笑声顿起,有的拍桌子,有的使劲跺地板,连女生也大呼大叫:"拿酒来!"看到学生们一副副陶而醉之的模样,教室里好像也弥漫了浓浓的酒香,我不饮而醉。

不饮而醉实际上处处可遇。青灯之下,读得一本好书,会醉得一塌糊涂,辗转难眠;在街市上看风景,看得美女如云，裙裾迎风，高屐之声"嗒嗒"而过，亦会醉意深深；在卡拉OK厅点得一首中意之曲，自己去唱时不免也学那歌星模样，眯着眼睛跟着旋律狂唱，竟然也会使友人刮目相看，也无疑会醉得可以……

当然，也许有人会悄悄对我说，我还是喜欢酒桌上突然添进几位婀娜多姿、可人适意的女伴，当她们酒杯一端轻呷几口，脸上红晕顿起，莞尔一笑，酒靥绽开，已让人如入三月桃林，不饮而醉。我也很同意他的观点，记得我们现代的大诗人郭沫若就写过如此浪漫的诗句，大意是欲将美女的酒窝当作酒杯盛满醇酒一饮而尽。不过，这种气派与境界总是大诗人才能达到，如我等凡人，恐怕碰上这样的机会，也总是会怯生生的。

心灵的绿地

每个人都有一块心灵的绿地,她带给你安宁、安慰与美好的回忆和遐想。她的纯净常让我们自己受到感化。

我的女儿在作文里写到过她幼时玩耍过的一块草地,其实那算不得草地,只是城市中若干建筑物之间的一个角落,那里瓦砾遍地,荒草丛生,间或开着几朵不知名的野花。女儿从幼儿园回来就总要招呼她的伙伴去那里,在一起挖沟垒沙,搭房筑墙,实施着"小人国"的伟大建筑计划。有一天,她还乐滋滋地从那里抱回一只野生的南瓜,打开一看里面却叫虫蛀得空空的了。女儿把这块草地当作她的"百草园",只不过在那里没有鲁迅笔下的"美女蛇"

罢了。惋惜的是，12岁的女儿今年再去看那块曾给她带来无数快乐的草地时，发现它已被一座威武高大的楼房毫不留情地取代了。她只能在作文里留下她心中的草地，将它珍藏在记忆中。

女儿对那块荒地的珍视，并不仅仅在乎她从那儿得到了幼时的童趣，更在于她从那里学到了与小朋友的交往与合作。为了实现某个目标，他们在一起真真假假地争吵过，但最后总是互相支持，通力协作完成了任务。他们互相交换从家里带来的好吃的东西，也交替使用各自带来的工具，在简单的游戏之中学会了真诚与信任。那荒地其实是一块心灵的绿洲。

生活在高楼林立的大都市之中，人们心灵中的绿地却越来越狭小，也因为污染而变得驳杂。当你用大铁闸和防盗网将房子牢固地包围起来时，可能也就同时封锁住了你的生活、你的心灵。当你有要紧事急需邻居为你帮忙而你又叫不出他们的名姓时，你的尴尬定会如脸上爬满了苍蝇。在单位，人们可以交流买菜购衣的经验，却很少向人倾诉他正遇到的难题和精神上的苦恼，害怕有人为了职称、职位，在关键时刻将他平日里的谈话编织进匿名信里去。读了报上的某些忠告，于是，在火车上就会坚决地拒绝对面陌生人递来的水果，并且将脸扭向窗外。就是在同事或朋友的聚会中，彼此也都变得更温文尔雅起来，酒喝得极有分寸，话说得极其谨慎。我见过一个不到二十人的小单位，以前每年总要找借口轮流坐庄或凑份子吃喝一顿，快快乐乐的像一家子，现在也取消了，原因出在某人把酒桌上对更上一级"头儿"的某些不敬的话呈给了该"头儿"，并当作相互攻讦的材料。

心灵的绿地不应该只是禅宗所言的"本心"或是李贽坚守的"童心"，它应该是开放性的、生长性的和无限广大的。开放是交流性的，就如社会的对外开放一样，不会只有进口而无出口。没有了交流也就没有了活力，没有了生命，就谈不上生长。生长是有机生命体的自然规律，植物的生长要有空气与阳光，而人的心灵的生长则需要心灵的空间与心的光明。不敞开就没有空间，没有光的进入，也就没有心灵绿地的生长。成人的心灵世界理应比儿童更丰富，更能生长出更多的智慧与情趣，遗憾的是成人往往在儿童的心灵映衬下感到羞愧。成人经历得越多，心灵世界中挤进的东西也就越多，绿地的面积往往会被某些不美好的东西侵占。我们在建设现代化城市时,总呼吁要给城市保留下适当的甚至更多的绿地,而我们在心灵的建造方面,又如何根据现代社会的特点保留住我们心中的那块绿地呢?

Human Life:
a Book
Penned and Perused

生命是一部书

第二辑
怡心情趣

汕尾四日

想象之中,汕尾与汕头一头一尾,汕尾总是一个居于海边的偏远的地方。其实,一旦踏入这片土地,了解它的历史、文化与现状,却觉得它离我们很近,并且是一块正在崛起的热土与希望之地。

从广州出发,坐大巴上高速,行时三个半小时左右,即抵达汕尾。今年的8月下旬,我随广东省作家协会采风团在汕尾度过了难忘的四日。虽然行色匆匆,但神奇、美丽而风姿多彩的汕尾却给我留下极深的印象。

第一日:寻找善美文化的遗痕。

上午从广州出发,中午抵达汕尾,稍事休整,下午即到汕尾城区采风。

坎下城,建于明代崇祯九年(1636),原叫坎下寨,一面依山,三面环水。建有四门,东西南门临海,只有西门为水门,可供船只出入。寨里驻水师,设海防炮78门,垛口391个,是当时东南沿海最重要的海防城池之一。坎下城历经兵患,又遭风雨自然磨损,到今日已难见当年的雄风武貌,但抚摸那青苔漫布、坑点斑驳的残遗城墙,我似乎还能触摸到当年那些身穿铠甲守望海疆勇士的热血胸膛,还能嗅到当年那腥风血雨的历史风烟。阳光透过城墙上大树的缝隙洒在墙体上,状若星辰,这让我对那些栉风沐雨、为国为民守卫一方土地的海防将士生起崇敬之情。他们是历史上的无名英雄,他们骁勇而善良的心灵就像这温暖的阳光照射着这片土地,培育了汕尾人民忠勇向善的品性。

从坎下城出来,穿行在有"百年商埠"之誉的三马路,沿着骑楼而行,我们遇见了金碧辉煌的关帝庙。这关帝庙也颇有历史。据说这里原来是海滩,当年的百姓抬坎下城关帝庙的关帝像巡游,游到此地则抬不动了,于是便在此修庙供奉。随着人烟旺盛,此地便成为汕尾港商埠的发祥地。1950年因为城镇修路,关帝庙被拆除,到2010年随着城区对历史文化和民俗的尊重,关帝庙在原址向后推几十米的地方重建。与隔海相望的台湾岛一样,关帝信仰是两岸尤其是沿海地区百姓的共同风俗。民间供奉关公,除了将关帝奉为财神,希望他能给人带来财运之外,还有更深层的文化缘由,因为历史与文化上的关公也是忠勇诚信的化身。关公在沿海地区的出现,既是守疆卫土的心理需要,也是当地百姓对和平安定与一统江山的渴求。遥想昔日,百姓在进行贸易交流的同时,也到关帝庙烧香祭拜,无形中也会受到这种忠勇诚信文化的熏习。日积月累,这种文化便潜移默化为当地人民的集体无意识。

抵达品清湖畔凤山妈祖庙时,已近日暮时光。据记载,明末清初时,福建渔民为避风而漂泊到凤山,随着定居之人渐多,便将他们供奉的海上保护神——妈祖带来了,于是形成了凤山妈祖庙。如今,凤山之顶塑造了一座高达16.83米的妈祖石像,而且一改福建地区将妈祖塑成中年妇女的风格,按民间的传说将她恢复到年轻娇美、从容淡定的面容。传说中的妈祖乃民间穷苦女子,她有神奇功能，但都用这些功能为人民扶危济困、治病驱瘟。当海上渔民遭遇风浪无法识别归程时，她毅然点燃自己的茅屋充当灯塔，为遇难渔民指明方向。这种慈爱无私的博大胸襟感化了渔民，他们便渐渐将她神化，奉为保护神。尽管她只活了短短的二十八年，但人民却将她供奉了几百年并永远珍藏在心中。

站在凤仪台上，眺望远处的天际，阳光从浓浓的暮云中像一帘瀑布似的倾泻下来，海面上点点归帆染上温润的色彩，静穆祥和。我在想，从五千年前的沙坑文化算起，汕尾人民就在此渔猎生息，此地的历史与文化也辈辈相传，人民的精神、智慧和创造力，让这片土地充满了深厚文化底蕴和生机活力。而善美之城的追求与打造，正是这座城市的文化动力和崛起之源。

第二日：探访历史人物的足迹。

这一日行程甚满，我们到海丰参观了海陆丰起义的革命圣地红宫红场并拜谒了彭湃故居，探访了海丰县城内的马思聪故居，以及位于公平镇的钟敬文广场、梅陇镇马福兰村的丘东平故居。

红宫是1927年海丰人民在此召开县工农兵苏维埃代表大会成立海丰苏维埃政权的地方，是中国第一个红色政权的诞生之地。恰逢2017年要在此举行纪念中国第一个苏维埃政权成立九十周年的活动，红宫红场正在进行大修，多处地方关闭。但通过简易的临时展馆内展出的革命文物，如第一面农会会旗、第一面苏维埃政权的旗帜、第一部土地法规、第一部银行发行条例等等，我还是感受到了当时的海丰人民敢于打破旧世界、创造新天地的敢为人先的精神。在龙津河畔的彭湃故居，肃立在高大浓密的树冠之下，我仿佛看到当年从日本留学归来的彭湃在此向农民宣讲革命道理并当众烧毁自家田契的伟岸身影。得趣书室前，如今塑有六人农会的雕像，就是在此成立了以彭湃为会长的中国第一个农民协会，会员中就是那些目不识丁、连名字都是以数字来取名的当地农民。步入故居之内，就会见到彭湃母亲周凤那慈祥而又坚毅沉着的遗像，正是这位革命母亲将膝下的多名儿女都送上革命与抗日的前线。彭湃一家人正是在这位革命母亲的鼓励与支持下，胸怀天下大局、充满革命意志、心装大爱情怀相继走上革命道路的。

站在这座始建于清末的仿西式建筑面前,看着从彭家门前缓缓流过的龙津河水,我在思考:究竟是什么强大的力量在支撑与召唤着彭湃这位富家子弟起来组织革命?在革自己阶级的命的过程中彭湃难道就没有经历过艰苦而激烈的内心斗争吗?他在领导这场革命时就不怕得罪本地人、不考虑后果与将来吗?流经彭家门口的龙津河水在见证着:彭湃的革命是值得的,没有这一代革命先驱的奉献与牺牲,就没有今日的幸福与安宁。彭湃们的革命都不是为了自己,是为了天下大众,他们在《共产党宣言》的精神召唤下,就是奔着一个坚定的理想——实现人人平等、实现共同富裕的共产主义理想而去。在他们心中,是没有个人担忧的。否则,你就很难理解,为什么他们会全家都投入革命,前仆后继,为民众而战。

民间有俗语流传:天顶雷公,地上海陆丰。此语语焉不详,对它有着各种的解读。有人说这是专指海陆丰人的血性。我想,这自然有一定道理。如果当年的海陆丰起义中,没有这些敢于抗争、敢于打破旧的枷锁力争自由平等的工农大众,又如何能造就这中国第一个苏维埃政权呢?但是,这难道仅仅指这一点吗?在参观过马思聪故居、丘东平故居以及钟敬文广场之后，在了解到海陆丰出了许许多多的著名人物如陈炯明、陈其尤、柯麟、马采、谢非、彭士禄、陈建华等等之后，我对此有了新的理解。雷公者，有震撼力、唤醒力之雷人也。正是这些著名人物，他们在某一领域有着创造力、感召力，才成为声名远播的杰出人才。他们正是地上的雷公。对他们的仰慕用"如雷贯耳"来形容一点也不为过。

用智慧与胆识去创造创新，已经融入海陆丰人的日常生活，这在我步入海丰县城中山西路去探访马思聪故居的时候更强化了这一认识。中山西路原名幼石街，马思聪出生并在此度过他的少年时期。马思聪故居现标记为中山西路32号，那里还保留着昔日深宅院落的样子。20世纪初，马家门前的街道是通往省城广州的必经之路，也是当地工匠云集、贸易频繁的街道。一个海边的小城，竟然孕育出这样一位17岁就被誉为"音乐神童"和后来成为大师级的音乐巨匠，这让我不得不佩服马思聪父母的聪慧、开明与远见卓识。他们让一个幼小的儿童11岁就跟随长兄马思齐赴法国留学了，这是需要极大勇气和胸怀才会有这种割舍的。舍得舍得，有舍才有得，马思聪父母的割舍为中国赢得了大师。在当时重商崇官的环境下，学音乐大约是最无用的，但担任过广东省财政厅厅长的马思聪的父亲马宇航却毅然同意他的子女们去学"最无用"的东西，这又是一种什么样的文化理念在主导着他呢？我以为还是汕尾人的精明聪慧与精于制作的文化精神。想汕尾地区，山多海阔而地少，当地人把围海养殖和田地耕种都当作绣花一般对待，精耕细作，将它们侍弄得像艺术品。想起刚才经过的中山西路上，还保留着若干的铜匠、金银首饰打造匠、木匠、猪油糖等各种点心制作铺以及写对联、算生辰八字的铺子，这些制作者也都算得上匠人。那些精于木雕的手艺人就更是技高一筹，会让人高看的。这种延续已久的工匠精神在汕尾地区传承着，形成了一种独特的汕尾文化。马思聪曾两度赴法国留学，在那里学习小提琴演奏和作曲，后来担任过中央音乐学院的首任院长，他创作的名曲如《思乡曲》《塞外舞曲》《西藏音诗》《山林之歌》等至今还环绕在音乐学习者和爱好者的耳边。这与他的精心制作与演奏分不开。从宽泛的角度看，他的确是个手艺人，因为他获得了一门高级的手艺，比木雕师更高级的手艺，谁能说无用呢？从艺术的角度看，他又不是一般的手艺人，而是创造了音乐审美最高境界的艺术巨匠。工匠精神在艺术家那里的体现，就不仅仅是一种技艺和能力了，要成为巨匠还必须有高超的艺术才华，具有一定的思想高度、艺术感觉与审美意识。

从这样的沿海小城，走出这样一位艺术巨匠，绝不是偶然的。

告别马思聪故居时，我看到了院子门口种植的米兰，米兰开着小朵的花，不夸张，不艳丽，素净的花朵散发出淡淡的幽香。这似乎在昭示着这位音乐巨匠的性格，他的名气不在庙堂，而在民间，他不是那种可以掀起巨响的雷公，却是一位在民族交响乐中擂起有艺术穿透力和表现力的鼓师，他的音乐将伴随着中华民族迈向复兴的节奏而经久不息。

第三日：寻访红色之"神"。

汕尾民间有说法，说是到海丰看人，到陆丰看神。因为海丰出大人物多，陆丰有玄武庙，是佛道二神俱拜的香火旺地。我们到此，自然不是求佛问道，而是寻访革命英雄，他们才是红色之"神"。

红二师碣石作战指挥部旧址就在陆丰玄武山上。1927年11月，新组建的红二师就在彭湃的领导下，进行了攻打碣石城的战斗，指挥部就设在玄武山上的自得居。为了瓦解敌人，在围城的同时也派出玄武山的僧人信德和尚带信去劝守城的国民党头目投降。在规劝无效的情状下，彭湃步步为营，孤立敌军。经过艰苦激烈的战斗，最后解放了碣石。这里的指挥部虽小，但却是碣石城外的制高点。当年的红二师和当地工农武装三四千人齐集玄武山，声势浩大的场面是可以想见的。面对强大的国民党势力，当地的工农武装毫不畏惧，尽管他们驻扎在有神的玄武山上，但他们靠的不是神力，而信奉的只是他们自己。就像《国际歌》里所唱："从来就没有神仙皇帝，全靠我们自己。"当时的"神"就是这些红色的工农武装。当我在元山寺内看到古戏台时，更坚信这一点。过去的时候，每逢庙会，古戏台上就会演出老百姓喜闻乐见的西秦戏、正字戏、白字戏等，这与其说是娱神，不如说是娱人，是老百姓借庙会的自娱自乐。拜神只是一种借口和愿望，在日常的拼搏中，他们何尝不相信，自身的实力是万万不能缺乏的。

　　登上元山寺高高的福星垒塔，碣石城全貌尽收眼底。

只见城内高楼林立,车水马龙,昔日的战场如今变身为繁华的经济贸易之地。黝黑的玄武山石默默地铭记着当年红军武装的丰功伟绩,雄伏在塔下的麒麟石仿佛也在告诉人们,红军为碣石人民带来的幸福,依然是安宁祥和,此地的庙会依然是人头簇拥,歌舞升平。

在玄武山半山腰见到了刘海粟先生为玄武山所题的"人杰地灵"的碑石。海粟老人当年并未到过玄武山,但这一题刻却是点睛之笔,道出了陆丰包括玄武山文化的精髓:创造奇迹的不是神,是人,是那些活生生、有闯劲、有干劲的实实在在的人。在从玄武山去观音岭的路上,我见到一个小汽车驾驶员培训场,只见车顶上都顶着一把宽大的遮阳伞。知情者告诉我,因为训练常年在野外,车速又慢,面对炽烈的太阳开车内空调也难以解决闷热的问题。有了这把遮阳伞,至少可以缓解车内的温度。这便是海陆丰人民的创造,至少我在其他地方还未见到过这种景象。这只有精明的海陆丰人才想得出来,而并非神的启示。

穿过观音岭上的古官道,就到了金厢银滩,这里自明代以来就是一处扬文宣武的风景之地。相传北宋名将杨文广率兵征伐到此，正逢涨潮，淹没了海边的道路，杨文广拔剑插地，潮水即退，官兵顺利通过，而剑化为石，从此可抵挡潮水对道路的侵蚀。后来明代朝廷为缅怀杨文广的南征之功，钦命题刻"镇海石"，后又有"扬威止水""永镇安澜""天水相与永"等石刻竖立于此。杨文广的传说自然有一定的史实可据，但也有一定的神化，这表现出了当地人民对有功之臣的崇敬与爱戴。也正是在此地，为纪念对南昌起义做出重要贡献的革命功臣周恩来，人们在海滩边的巨石上刻下了"龙石"的题刻。1927年南昌起义之后，周恩来、叶挺、聂荣臻等率部挺近潮汕地区，由于连日劳累，周恩来病了而且病得很重。为了保存革命实力，周恩来在这里乘船前往香港，一边养病一边联系中央。当时的情势紧急，亦可谓之为"抢渡"。所刻"龙石"正是为了纪念这段历史。

为了寻找这块"龙石"，我与汕尾作家协会的王万然主席可是费了一番周折。因为从古官道上下来，沙滩一马平川，"镇海石"等远目可及，而唯独不见"龙石"二字。问当地人说是在观音岭下的悬崖下面，必须从这边沙滩翻越过几处陡峭的山脊转到巨石的背后才可看到。我与王万然小心地翻过海边几道偏斜快成45度的山脊,并跳过几处山石,终于见到了如磐两个大字"龙石"。再转过去十几米,攀缘着下到巨石的底部,抬眼才能完整地见到著名书画家赖少其所书的"龙石"二字及其赋诗:"洲渚夜如釜,遥天一砥柱。抢渡碣石湾,猛如下山虎。""龙石"二字为竖排,诗的文字自右向左位于"龙石"之下,诗后注明诗题、年月及书者:"周总理抢渡碣石湾。一九八三年三月一十五日。赖少其书。"字自巨石顶部以下两三米处刻起,往下延伸至少十五六米,用的是赖少其常喜欢书的爨宝子体,雄强峻伟,面海而立。我们在巨石底部只能仰视,如果在海面的船上远观,当会更觉雄健刚强。

从赖少其的诗我们知道,当时的抢渡是在深夜。当时的周恩来虽是有病在身,但意志坚强,转战香港也犹如猛虎下山,会东山再起。事情过了许多年,当革命成功又回忆起当时的那段历史,老百姓还觉得中央料事如神,周恩来亦是神人,或是飞龙下凡,故滩头巨石亦以"龙石"名之,并于岭上建亭加以纪念。周恩来自然是人,不是神,但命大福大,危机中转入香港养病又重回红军领导队伍,群众将其视为"神"也是有缘由的。想想将"龙石"

并诗刻于那颇有点神秘的地方,让观摩者必须经过一点艰难路程才可拜谒到,这也有点激发人神往崇之的意味在内吧?

第四日:向海而吟,因海而兴。

早晨九点,我们即往汕尾城区的金町湾参加"'善美之城'全国诗歌大赛"的颁奖仪式。这次大赛由汕尾城区宣传部与汕尾日报社组织,向全国征集,得到积极响应。颁奖仪式很简朴,就在金町湾的沙滩上搭起的一简易木台上进行。选择这里做颁奖地点应该是有深意的,因为这里是汕尾城区面向未来快速发展的生长点。这里有得天独厚的长达七公里的沙滩,政府将把它打造成公共享用的海滨休闲场所。就在这里,一座由保利集团开发的新城已开工建设,目前有了十余栋高楼,买者络绎不绝,还供不应求。据介绍新城建毕将容纳十万人。新城面海而立,出海易,去港澳方便,得到不少人的青睐。这使我想起诗人海子诗歌所追求的那样"我想有所房子,面朝大海,春暖花开",想到这诗意般的新城会变成汕尾大众的享受,心里总铺着温暖的底色。而在这里举行诗歌颁奖活动,吟咏的又是美善，汕尾在抓经济社会发展的同时注重抓文化的进步，这路是走得正而远的。汕尾市委书记石绮珠说过，汕尾人要树立新形象，要努力做到"天上有雷公，汕尾人个个是雷锋"，这便是一种更高的精神与价值追求了。

颁奖仪式结束后，我们走向沙滩，极目远眺，天高海阔。短短四日，告别之际竟让我对这片神奇的土地产生了无限的留恋。当今的汕尾，深汕特别合作区进行得十分顺利，政府又准备将龟龄岛打造成生态型的示范性海岛，红海湾畔的风力发电渐成规模，汕尾人民将做足海的文章，一切都充满着生气、活力与希望。汕尾人依海而生，向海而吟，也一定会因海而兴。我热切地期待着。

走入草原深处的秋

去内蒙古,无论是居住在内蒙古的朋友还是居住在外省但已去过内蒙古的朋友都说应该是夏季的五到七月份去,那时的草原水草丰茂,鲜花盛开,蝴蝶、蜜蜂、飞鸟、牛羊等等在草原上撒着野,看上去一派生机勃勃的景象,那才叫一个爽。内蒙古草原给我最初的印象也是从阅读玛拉沁夫的短篇小说集《花的草原》中得到的。风吹草低,花海荡漾,那意象已深深嵌入我的记忆。

而在九月的季节,踏入内蒙古草原,沿着由西向东的路线步入草原深处去领略它那饱满而又充满魅力的风姿,对我来说还是第一次。

经过大半天的大巴跋涉，我们从呼和浩特来到了锡林郭勒盟正蓝旗，元上都遗址就呈现在一片秋草枯黄的旷野上。700多年前，这里曾经有一个威震世界的王朝，声名赫赫的忽必烈就在此建立了气势恢宏的都城。顺着车辙尚存的马道，我们登上当年著名的大安阁废墟的高台，在那里眺望和想象着当年都城的气象：城关有四门，关墙长则达千米，短也有600米。车道宽敞，毡帐如云，人流如织。城内除有举行重大典礼和接待外国使者的大安阁之外，还有设酒摆宴的洪禧殿、藏书阅书的宣文阁、皇帝巡游之后歇脚的穆清阁等等。

这也算是草原的深处了吧？

放眼望去，北边很远很远的地方就与蒙古国接壤了。当年忽必烈在此建都不仅仅是为了夏日纳凉，更重要的还是在于它是草原的腹地。而这腹地不仅是蒙元人的家园，而且在当时还被视为世界的心脏。就在这大安阁里，忽必烈接受了南宋君主的朝降，还接见了来自万里之外的马可·波罗。要不是蒙元大军在重庆的合川遭遇"上帝的折鞭之战"，忽必烈可能还会在罗马建起他的另一座都城。

然而，历史就这样拐弯了，蒙元王朝最终也灭亡了，但它当时构建的元代版图却留在了历史之中,它所构筑起来的精神——对故国故土的向往与维护,依然存留在蒙古族人民的血液里。萧瑟秋风中,站在这高台之上,看那白云之下的归雁行行,我耳边回响起电影《东归英雄传》插曲《鸿雁》那耳熟能详的旋律:

> 鸿雁,天空上,
> 对对排成行。
> 江水长,秋草黄,
> 草原上琴声忧伤。
> 鸿雁,向南方,
> 飞过芦苇荡。
> 天苍茫,雁何往?
> 心中是北方家乡。
> ……

元上都被废的若干年之后,还有那么一支流落在异国他乡的蒙古族土尔扈特部,在首领渥巴锡的率领下,历经数年,摆脱俄国沙皇的统治,重返祖国的怀抱。在遥隔千里之外的新疆巴音布鲁克草原,那是仅次于内蒙古鄂尔多斯草原的中国第二大草原,一曲爱国爱乡的英雄壮歌与这里的高原还有着千丝万缕的联系。这里也是他们北方的家乡,是他们的精神所系心之所往啊!

在高台上,我恋恋不舍地看着阳光下的大草原。近处,几个牧民正在往拖拉机上装割下来的牧草,草堆得高高的,车被压在草底下,连轮子也看不到了,只有车头还露出半张脸,羞涩地打量着我们这群外来的游客。草原上留下割草机驶过之后的道道痕迹,像大树的年轮,仿佛在铭记着这秋的历史。长久以来,内蒙古人民像维护自己的眼睛一样维护着民族的团结和祖国边疆的安定,这草原深处的宁静平和就如同这草原的秋色一样,显得那么成熟而坚不可摧。

再往东走,在美丽的达里湖边,我们走进了斯钦巴特尔合作社。这里已是属于赤峰市的克什克腾旗了。在合作社的门外,建有高大的棚架屋,那是用来存放大型农牧机械的。围墙根堆着小山似的干牛粪,那是过冬要烧的燃料。合作社除建有工作人员的宿舍外,还建起了一个高大的毡包,那是接待客人和聚会时用的。我们一边参观一边与斯钦巴特尔聊天。他介绍说，这合作社是他挑的头，已由原来的两三家发展到了现在的八家，各家将自己的牲畜、资金、设备收拢起来共同使用与管理，也根据工作需要分工负责，或放牧，或种植，或采购，同时也雇工。等到年终大家根据总收入情况并根据各自的付出来分配，有点股份制的味道。现在他们已拥有800多头牲畜和近千亩的牧场。由于集中一起采购种子、草料、肥料、农药与机械，省心又省钱，重大事务大家一起商量着做，合作社的日子过得红红火火的，每年每家的平均收入都在20万元左右。我们还走进合作社的菜地里，摘下又红又大的西红柿，学着社员的样子在身上擦一擦，就塞进了嘴里。斯钦巴特尔告诉我们，这都是有机蔬菜，是自产自销的。

斯钦巴特尔将我们让进毡包，抬头看，秋阳透过毡房顶射下来，使整个毡房显得金光灿灿的。炕上铺着厚厚的羊毛毡子，炕前留出一大片空地，斯钦巴特尔说这是为社员们聚会喝酒时跳舞用的。过着这么好的日子，没有酒与歌舞那怎么行？果然，毡房里除挂有大大的电视机外，还有可以唱卡拉OK的设备与音响。

再一走，我们就到黄岗梁了。黄岗梁还属克什克腾旗，正好处在贡格尔草原与大兴安岭南端山地的交汇地带。这里除草原、森林、湖泊外，地下还有丰富的矿产资源，其中黄岗梁铁锡矿是长江以北最大的铁锡多金属共生矿。

进入黄岗梁森林公园，我们就真的走进浓浓的秋色之中了。

9月下旬，正是黄岗梁赏秋的最佳时节。如果说草原上的秋意是那散落在原野上的草垛子与收获的土豆袋的话，在黄岗梁则是丛林的舞蹈与歌唱。白桦树、紫桦树、枫树、杨树争相比着看谁最黄，连沙柳也追赶着秋天的脚步一半变成了黄色。山丁树的小红果缀满枝头，夏日里开白花的草此时也加入到秋天的合奏，叶子也变得红起来。被草木遮掩着的溪水早已失去夏日的豪情，此时轻言慢语，羞涩地不愿露面。驻足细看道旁的桦树，它们的皮也苍老起来，沟沟壑壑的，呈现出一幅幅秋山寒意图。

这是一个多么令人心醉神往的地方啊！

在这里，你的心与秋天的阳光一起在树叶上跳舞，草原上的风吹过来，与森林中的草味、花味、树皮味、山果味夹杂在一起，芳香四溢。置身林中，你就置身在红色、橙色、黄色与绿色交织着的海洋；站在岗顶，你又如登上巨轮的甲板，在金色的海洋上漂荡。秋天的韵味就在那一波又一波的红黄相间、黄中夹绿的林浪中，勾走你的魂魄。有人说："如果你错过了黄岗梁的秋色，你就错了整个秋天。"这话虽有些夸张，但也一点不假，尤其是对于我们这些来自南方的人来说，走在这"树树皆秋色"的画图中，每走一步就如同拥有了整个秋天。

从内蒙古草原回来好久好久，我似乎还迷醉在那草原的秋色里，睡梦中还闻得到那沁人心脾的牧草之香、树木之香，还有那斯钦巴特尔的毡房之香。

在槟城的温风暖雨中穿行

未到马来西亚的槟城,对槟城总充满着各种缤纷浪漫的想象:高高的槟榔树和椰子树,翠绿的森林,浪花击打的白沙滩,早晨海面上冉冉升起的红日和太阳西斜入海时那变幻万千的晚霞……

这一切的想象都在我踏入槟城乔治市的土地时一一兑现了,但槟城给我的又何尝只是这些!

从广州出发,乘坐的是下午5点直航槟城的南方航空班机,经过4个小时的飞行,飞机准点抵达槟城。夜色迷蒙中,我与来自武汉的赵小琪、汤富华教授一行刚迈出机场,就迎来一场雨。来接我们的司机看我们从背包里把伞拿出来要打开来，微微一笑，也没说什么，拎起行李就带着我们走向停着的面包车。刚一会儿，雨好像又变小了。雨被暖风斜吹过来，打在身上暖暖的。这样的风，这样的雨，打不打伞其实都无所谓。车子开去酒店的途中，接到会议秘书菲尔的电话，要我们到离酒店不远的地方先填一下肚子，说是以著名的美食肉骨茶招待我们。等我们到达那间饭庄时，雨又飘洒起来。菲尔她们来迎接我们，竟然也没拿雨伞。等拉开车门，她对我们说就几步路，麻烦大家走一下了。这时，我们也就跟着她蹭蹭蹭跑几步到了饭庄里。奇怪，那雨淋在身上竟毫无感觉。进得饭庄坐在饭桌上时，头顶上的吊扇呼呼地吹几下，衣服上刚才还湿湿的几片雨迹，没有了！抬起头来看，这饭庄也是敞开的，头顶上是有顶棚，但周围并没有墙或其他遮蔽物，雨若是下得大，肯定也会飘进来，但看店里的食客却毫不在意，只顾享用他们的美食。

这槟城迎接我的第一场雨，竟然就如大会秘书及工作人员对我们的接待一样，暖心暖肺。

第二日一早，拉开窗帘，就见到与酒店一路之隔的海滩。可能是刚刚下过一场雨，海滩与远处的建筑都笼罩在一层薄薄的雾中。建筑是青色，海滩呈白色，海边张开臂膀的木麻黄、椰子树、榕树等呈翠绿色。不一会儿，浅白色的轻雾淡淡地晕开在海天之间，放眼看去，竟然像一幅自然天成的水墨画。我思忖：这恐怕也是雨水的神手才会挥洒出这自然的图画吧！

槟城是典型的热带雨林气候，全年高温并且降水丰富。而且，它还不像东南亚其他地区可区分出雨季和旱季，而是全年性的降雨，这又是与它是一个相对独立的岛屿相关。旅游攻略里常告诉人们出门时随时携带雨伞或雨衣，但这里的天气变化多端，你实在想不到它在什么时候会下雨什么时候又不下雨。这里的雨不像英伦三岛的雨那样凉飕飕的，而且一下就是一整天，细雨绵绵的天气里，英国人会像装在套子里，成天提着一把雨伞或穿着风衣。槟城的雨是温热的，时雨时晴是常事，人们适应了它，有时还会开心地享受一下它，于是便将带雨伞的事置之脑后。如果恰巧碰上了雨，就在大树下或者椰脚屋下躲一躲，雨一过，你该干什么还干什么。

那天在升旗山上的遭遇，让我们对槟城的雨有了更真切的体验和认识。

乘着怀旧色彩极浓的缆车登上升旗山，在观景平台上眺望，槟城美景尽收眼底：整座城像一个温顺的婴儿依偎在山的怀抱间，又似乎正伸出双手迎接大海的抚摸；远处，连接威省的跨海大桥，像一串珍珠项链在阳光下晔晔生光，将槟城装点得更加婀娜多姿；近处的山峦林木葱茏，翠绿欲滴。离开观景台，走在去参观总督行宫的路上时，头顶上方一层黑云说来就来，开始是稀稀落落的雨滴随意乱洒，转眼间就是瓢泼大雨。无奈，我们只好躲进路边的一间小店。停下来，一看，乐了！来自捷克的华文作家老木正在那儿泡脚哩。原来这是一间马来西亚印度人开的沐足店，打的是印度古式按摩法的招牌，一人一次30分钟50令吉。撒着鲜花冒着热气的木桶挺有诱惑力。老木对我们说："与其去泡雨，不如来泡脚吧！来吧，我请客！"哈哈！这话有理。泡脚既可体验另类生活，又可避雨打发时间，何乐不为？

坐下来，泡上脚，我就开始欣赏起外面的雨景了。只见一对情侣也没打伞，嘻嘻哈哈地走进来，嘀嘀咕咕地说了一会儿，两人又牵着手跑了出去，到对面的咖啡店去了。一个长袍罩身只露两只眼睛的女性穆斯林却迎着雨继续行走着，长袍拖在地上湿漉漉的也毫不在意，她的头左右转动着，似乎正在寻找她的同伴。一个约四五岁的小男孩，趁大人不注意就从店里跑进了雨里，还调皮地挥舞着双手转着圈，他妈妈大笑着去把他拉进来。

槟城的雨就如那孩子一样调皮、可爱，给人带来开心快乐。

这雨，就是如此充满温情与浪漫。

想当年，郁达夫与一行仕女共游升旗山的时候，恐怕也是会遇上雨的，否则，他不会有"独立于云雾之间"的感觉，其中一首诗就写道"好山多半被云遮"。那个时候的爱情巷（love Lane），归来的水手肯定也会顶着风雨在夜间上岸，沿着椰脚屋找到他熟悉的灯光。这样，你才会理解，如今的升旗山上清真寺旁的栏杆上，才有那么多的同心锁密密麻麻地排在一起，寄托着那些痴情男女的心愿。自然，在"风雨如磐"的时代，孙中山五到槟城寻找支持革命的力量，在奔走呼吁的同时，肯定也在阅文报社的灯光下与他的追随者暨伴侣陈粹芬共同倾听过屋外的雨声，也肯定会手拉着手沿街冒雨去探望过他的同盟者。还有那些到中国去参加抗战的南洋机工，当他们在泥泞的山路上使劲想将陷于泥沼中的卡车推上大路继续前行时,他们肯定也会回忆起这槟城的风雨和故乡的温暖。

这雨,就是如此充满传奇和高亢。

离别槟城的前一天晚上,我们受中国驻槟城总领事馆吴总领事之邀去馆里夜宴,宴会结束告别时又逢上一场不大不小的雨。大巴停在大街上,走过去也有二三百米,我们谢绝了领馆工作人员的撑伞相送,信步走到车上。晚风掠过,那雨还是那样暖暖的。

那夜,我梦见我在雨中骑车,去乔治市的老街探望了"姐弟共骑",并与他们竞赛,一起穿行在槟城的大街小巷。那槟城华人大会堂依然高门大开,张灯结彩,那广福宫前的龙头香依然烟雾缭绕,久久不散……

一个"给你点颜色看看"的国度

二月的印度,虽还是冬日,但随处可见艳丽的颜色。城市与乡间,除了红黄白相杂的三角梅以外,就是衣着光鲜的印度女子了。

从德里赴斋浦尔的路上,我们巧遇一乡村的婚礼。热情好客的印度人将我们视为贵宾,向我们送来饮品与食物,尤其是那些身着各色亮丽服饰的少女少妇,更是极力向我们展示她们的笑容、衣饰以及文上了花卉图案的双手。在参观斋浦尔市政博物馆时,我们见到一群忙碌的人正在为将在此地举行的盛大婚礼做准备。他们在高大的门楼上用各色鲜花搭起一个拱形的花门,繁花如缀,重重叠叠，各种颜色的花卉与洁白的桌布形成鲜明的对比，桌上还摆放出各种颜色的食品和古董。一打听，说这场婚礼将花费三千万卢比，相当于人民币三百万元。而在市政厅之外的大街上，却见到沿街的乞丐和街头背人处灰头土脸的男人在那里便溺。

这便是印度。艳丽与灰土并存，沙漠与绿色共生，贫穷与奢华同在，绝望与惊喜相转。

印度人喜欢装饰，尤其喜欢用各种颜色来装饰。某天，我们从阿格拉乘火车到克久拉霍的占西，除见到了着各色服装的印度人之外，还见到他们用彩色来装饰火车站的建筑、列车、卡车，甚至三轮出租车。尤其是卡车，它的主人会将他的爱车拟人化。他们在车上的倒后镜上挂上各种璎珞，红、黄、绿、黑什么颜色都有。有的还将车头宽大的挡风玻璃装扮成两个花窗，看起来就像人的两只大眼睛，鼓鼓地瞪着过路的行人，展示着它的威严。大街上跑动着的三轮出租车，主人更是对它疼爱有加，你几乎看不到有两辆装饰一样的，看它们就如进了一个三轮车装饰博览会，让你目不暇接，眼花缭乱。

总之，印度人会用各种颜色装饰他们喜爱的一切东西，包括自己的身体。比如在额头上点上朱砂，在手腕上戴上花环与镶嵌着彩色宝石的手链，脚腕也套上七彩的脚铃，等等。集市上还有出售各种颜料的小摊，盛在各种盒子里的颜色默默地等待着顾客的挑选。市场上还专门制造一种盛放颜料的装饰盒，用银、铜等打造，大小形制不一，盒顶还铸有印度教的神像或者佛像。我们在奥恰古堡游览之时，一群小孩就捧着这些装饰盒竭力向我们兜售，高声叫唤着"Look！Look！""Color！Color！"

这真是一个处处"给你点颜色看看"的国度。

说到印度的颜色，不能不说到他们的艺术，如装饰艺术、壁画艺术以及工艺品等。在阿格拉红堡，我们看见了那里的色彩搭配是最丰富的。城堡的外墙全由红砂岩砌成，颜色历经400余年而不褪色，依然显得那么肃穆而威严。里面的夏宫，无论墙壁还是立柱，全都由坚硬的白色光滑的大理石构成，上面或涂以金粉，或镶嵌玛瑙等七彩宝石，在极尽奢华的后面表现出古印度文明高超的审美趣味与审美意识。斋浦尔的琥珀宫，建于1153年，也曾经是一个皇帝的夏宫。它由奶白、玫瑰红、浅黄与纯白四种颜色组成。在宫殿内皇帝与工匠合作，突发奇想，用玻璃镜子来装饰殿顶和墙壁。每当雨夜或寒夜见不到星空时，则燃起蜡烛，烛光反射于殿顶，此时仿佛有无数星星在空中闪烁，一种美妙的意境竟然隐藏在装饰之中，而只等待着光的到来则大放异彩。壁画艺术则更是印度艺术中的瑰宝。在克久拉霍奥恰镇的一个藩王的宫殿里，我们见到保留完整的壁画。它们用天然的矿物质制作成颜料，再加上印度天气的干燥，所作壁画只要不是泥土剥落，其颜色至今看来还是像不久前才画上去的一样。

在孟买的博物馆，我们还见到所展出的印度纸本绘画，它们也如壁画一样，用天然颜料来绘就，纸上的颜色绘出各种故事，展示出印度人的聪明才智。还有他们的工艺品，如地毯、挂毯、丝巾等，会在掺用金线、银线的同时，还会用各种颜色的宝石镶就，也可算是美轮美奂了。

至于它们的食品，除了加入各种香料之外，就是向你展示各种浓郁的金黄色的咖喱了。色重加味重，虽然在我们中国人那里，要接受它还得有一个味觉和胃觉以及心理感觉的过程，但在印度人那里则视为美味。

这是一个重色调浓艳的民族，也是一个重味觉的民族，所以在他们的民族审美词典中"味"是关键词。在古代印度还有"味论派",主张戏剧之味产生于情,情融于味中,情转化成味,戏剧的动作与情节必须与心灵的感受和内在的表现结合起来,才能产生最佳效果。印度的"味"与中国的"滋味说"都同属东方审美韵味的美学范畴。

当然,在这样一个国度,你得要有充分的思想准备和眼耳鼻舌身意相配合的准备。当行走在小城镇里时,你得小心别踩着"黄金"(神牛的粪便);当汽车从你身旁经过,扬起的黄沙灰土会落得你满头满脸,让你遮鼻掩口忙不过来;当你遭遇到印度式的"规则"和骗子让你哭笑不得的时候——比如,进景点游览前得提前购买拍照的票,有的景点只许手机拍照而不允许照相机拍照,景点里有穿制服冒充工作人员的人热情指引你拍所谓的"文物",然后前面就有人指控你违规要罚款,等等。——这确实是另一种"给你点颜色看看"。

然而,更多的时候,是你挡不住迎面而来的各种各样的颜色。当一袭粉色的沙丽如风飘过你的身旁,当一身蔚蓝如云似海轻拂过你的眼前,当一群穿着镶着金丝边的红黄绿长裙的印度美女聚集在一起,或交谈、或拍照的时候,你很难去光顾其他,不得不尽快地"咔嚓咔嚓",按下你手中相机里冲动的快门。这时,你才觉得处于颜色的包围之中是何等愉悦。

五大连池随想曲

初秋序曲

五大连池的初秋是柔软的、随意的、安谧的秋。

此时,山上的树开始变色,红蓝黄紫,随意点缀在绿色的主板上,完全没有深秋的喧哗与齐整;风掠过桦树林的顶端,树底下的青苔与阳光的影子都纹丝不动,连石龙河边的芦苇在风的抚摸下也只是欠一下身罢了。风刮不到天上去,白云就懒懒地贴在蓝天下,一动不动,像一只只昏睡的小猫咪。温泊里的水偶尔泛起涟漪,大多数时间则扯住岸上的树啊草啊,让它们的倩影沉在水中,与游鱼共娱。水草与苔丝不知是顺水还是顺风,舞动着婀娜的身姿，它们兴许也是可与大妈们的广场舞相媲美的。广袤的田野间，黄的是刚割的麦地，绿的是正结荚的大豆，新品种的高粱挺着淡褐色的"头颅"，默默地承受着正午的阳光与早晨的清露，等待着修成正果，披上红色的袈裟。

初秋是等待的轻风，它如一抹轻尘，拂去夏日里疯狂生长的疲惫，抹去征人身上的酒痕。

初秋是丰收盛宴即将开始前的序曲，短笛清引，直遏青云，后续的将是红红火火的喧天锣鼓与色彩斑斓的田园进行曲。

初秋是青春向中年的过渡，它一半在不停地跃动，一半则盼望着踏入成熟。

黑石主题曲

如果说五大连池是一幅画，那黑石就是主色调。如果它是一首曲，那黑石就是琴上的黑键，能奏出乐曲中的主题与高潮。五大连池周围有规律地坐落着十四座休眠火山，黑石就是大自然送给人类最好的礼物。

龙门石寨的黑石是史前布阵图，那里的黑石成列成阵，排山倒海般铺排开去，直看得你热血沸腾，脑门发烫。火烧山保留着大面积的"喷气锥"和"喷气碟"，令人遐想起外太空的荒凉图景，神秘而荒诞。温泊中的排状与爬虫类火山石，更是火山湖泊的稀有景观。最令人惊心动魄的是老黑山的石龙石海，那由火山熔浆流淌出来的黑石波涛般翻卷着，翻出各种各样的花式，千姿百态。有时是深壑细沟，有时如怪兽森林，有时是铁戟钢钺，有时又如碎花锦堆。那石黑得粗粝，黑得油亮，黑得使人恐惧，黑得令人神往。那种汪洋恣肆与波诡云谲的情状在世界上任何火山地质公园中都属罕见。

面对黑石阵、黑石浪，你似乎觉得要窒息了，此时，天马行空地想象史前历史与火山爆发的景观是最好的选择。

民间传说黑龙江上存在着为民除害的"秃尾巴老李"的黑龙，而我宁肯相信这黑龙后来遭到了作恶多端的白龙的报复逃到了老黑山下，当它们再度恶战时黑龙使出了它的撒手锏，从自己的肚脐中扯出了闪电般的火剑，一泄而出，宁可牺牲自己，也要将白龙斩为五段。我想象这老黑山就是那黑龙巨人，那喷出熔浆的地方正是它的肚脐，那被斩为五段的白龙就是这五大连池的尸首了。白龙终于也化害为利,永远为民造福了。

这自然是我要适应IP时代创造的故事,但从见到那蜿蜒十余里的石龙,这故事、这形象便驻扎在我的脑海中了。

在火山口与黑石阵里,见到最多的是火山杨,它以顽强的生命扎根在石缝里,极少极薄的火山灰成为它的养料,它就那样倔强地昂首挺胸,几百年又几百年地生长下去。此生彼灭,此灭彼生,大自然本身就孕育着往复无穷的生命力,这是亘古不变的自然法则,也是我们的祖宗早就告诫过的"道法自然"的上乘体现。尊重自然,遵从自然,与自然共生共存,保护好地球的每一处生态环境,这是五大连池可持续发展的规则与定律,也是我们共创人类命运共同体的不二法门。

黑石主题曲奏响的又何尝不是我们时代的主题曲呢?

池水幻象曲

五大连池,自然是因为它们是由五个火山堰塞湖相互串联而得名的。由于湖水清澈透明，加之水下不同地质状况的映衬，池水的颜色也呈现不同的状貌。在山顶远望，它们如一串串碧玉珍珠，镶嵌在广袤的绿野之中，秀丽端庄。当走近它们身边静观，慢慢体味，却发现它们有不同的性格和特色，更不用说在春、夏、秋、冬四季里还有着不同的衣装与色相。

头池是莲花湖，与二池燕山湖一样，池水呈淡绿夹棕色，走近它们，仿佛伴着一个英气勃勃的少年剑客，淡雅飘逸。三池是白龙湖，岸上石丘、石龙、石幔、石花倒影在棕色夹浅黄色的池水中，仿佛如经历丰富、满腹经纶的中年状元。四池与五池，湖面开阔，沙底平缓，碧水静卧，鱼类丰富，这就如那静观天下风云又能无私奉献终生所劳的老年渔夫。五大连池的池水还会随物赋形，流经之处会出现神秘的幻象种种。流入温泊，它化为了晶泊、碧泊、丽泊的妖娆多姿，仿佛一个个如花似玉的模特，走在石龙台地的T形台上，以蓝天白云为幕布，揽髻照镜，佩玉叮当。流入药泉河，它又化身手提神壶、救人于危难与困境的药师，怀观世音慈悲之心，行救死扶伤之举。那个神鹿指引达斡尔青年猎人发现药泉的故事，如敦煌壁画里的九色鹿故事一样，启人开悟。

五大连池的池水当然是流不到南格拉球山上去的，但在那山顶却有着神秘的天池。我想象那天池也应该是与五大连池的池水相通的。既然五大连池的水底常有"石龙"断层涌泉，使得湖水旱时不降，四季常满，说不定它也会暗度陈仓与天池之水联袂踏歌呢？不然的话，那位于山顶的天池，怎么还会有长倒鳞的神鱼呢？如今的天池被无数水草所掩盖，只留下几块水面，它就像一个披着色彩斑斓的神衣正在求雨的萨满，眼神迷离，望着庞大的星空，祈求上苍的眷顾。

五大连池之美就美在这无数的幻象中。

给书斋起个名

文人对书房极为看重,因为他的大部分时间都在书房里度过。自从1991年搬入二室一厅拥有一间7平方米独立的书房以来,我一直想按文人的习惯给书房起个斋名,却一再耽搁而未果。

起初,我想沿用1991年前曾使用过的斋名"三乐斋",意为"乐山乐水乐诗书"。那时我住在明湖旁边新建的青年教工楼上。那是打开前门临一泓湖水、推后窗就见一小山坡上的翠篁绿树的小室中,沾沾自喜,想象"书圣"王羲之的兰亭名胜也不过如此,故欣然而仿古人把小室取名为"三乐斋"。可如今的新居却少了昔日小室的风景与幽静,它前临汽车日夜川流不息的中山大道,轰鸣之声不绝于耳,总觉得再沿用原有斋名太有点"黑色幽默"了,故弃而不取。如欲名副其实,取名为"车喧斋"吧,又早有他人捷思在先。这书斋起名之事就被悬搁起来了。

一晃眼四年就快要过去了。随着居家生活用的不断充实,也由于持家而不能免俗的原因,一些"物质文明"也就慢慢地侵占了书房的领地。先是孩子用的古筝的琴盒,摆进了书房的角落,它总算是"精神文明"的外壳,又占地盘不多,我是乐于接受的。继而又是一个衣柜,里面存放冬季的衣服,妻子说广州夏长冬短,平日不常翻动不碍你的事,我也无话可说。广州雨季到来经常是潮湿而黏黏糊糊的,我的书柜的顶部也就成了妻子存放干菜的天然储藏处。看着妻子乐呵呵地把物品排列书柜顶时,我也觉得这太自然不过了。未几,书房又挤进一台消毒碗柜,虽悬空而挂,但还是挡住了书柜的半边门。近年来,自行车常在晚间被盗,于是我的自行车也在晚间被请进书房做保险式短暂"居住"。

于是，我的书斋名成了问题。我说这书房应叫"储物室"，因为它既储精神之物又储生活所用的物质之物。妻子当然不高兴，说我是寒碜她，又说你有本事去买一套大房子，我保证你有一个干净、纯正、像模像样的书房，名怎么好听你怎么取。女儿说，就叫它"蚕茧"吧，爸爸每天吃完饭就钻进书房写啊写的，那不就是你的"蚕茧"吗？我笑着说形象形象，但不是个斋名，要像你这样取名，更形象些，不如叫它"地道战"哩。你看你妈妈每天要推开那自行车，站在椅子上，去拿干菜。或者要低头弓腰，去取塞在书柜底下的坛坛罐罐，不是在打"地道战"吗？妻子听后笑出了眼泪。

不过，后来我还是为书房取名为"心远斋"。我对妻子与女儿解释说，这心远嘛，就是形在书房之内心存遥远之外，室内之物常令我联想翩翩。看到笋干，我会想到故乡山坡上的竹林；嗅到鱿鱼干的味道，我会想到我已置身于大海之滨，海风扑面，涛声盈耳；听到取碗筷之声，我还会想到邀三五知己好友，于书房对酌谈笑风生的乐趣。

还是小学生的女儿不满地说,那你的心跑远了,还能读书吗?只有妻子对我嫣然一笑,说,赶快去做你的书斋隐士吧,你的"桃花源"谁也干扰不了。

心远地自偏。在这都市内,我还真喜欢我这斗室和它的名字。

东郊寻趣

广州的东郊公园已再不像前几年那样受人冷落了。比之于流花,东郊自然没有她那样玲珑妩媚;比之于越秀,东郊也远远没有他那般雄伟健壮。然而,不知什么原因,广州人这几年却慢慢地爱上东郊了。你看,驾摩托车的,骑自行车的,乘公交车与步行的,或三五结伴,或四六成群,往东郊扑来了。有的还打着某某单位的旗帜,一开进去便是好几十号人呢!

家居暨大,靠东郊最近,去的机会也便更多一些。初游东郊,的确让人感到那里颇为荒索。尤其是从北门进去,好长一段路,既无花木,又无楼亭,杂草丛生,尘泥扑扑,真有点不忍卒睹。1988年,我初调来广州,不识路向,和妻子、女儿懵懵懂懂地从北门闯入,好不耐心地才走完那几百米的荒草地,游兴早已去了一半。而后来懂得从南门进去了,去的次数也多了,才慢慢地品味出其中的情趣来。

那首先是从我那五岁的女儿对它的兴趣上看出来的。照例,每次进东郊总是要去儿童天地的。说实在话,这儿童天地里玩的东西若与富丽堂皇的东方乐园相比,那简直就是一个天上、一个地下。自然,孩子对那早已坐得厌烦了的电动木马、吊篮、电动火车之类是不屑一顾的,她所看中的是那几个由旧轮胎吊成的秋千,还有那也是由几个旧轮胎组成的隧洞。开始我也不太留意,但看她老喜欢玩这个,就琢磨起这几个也算是玩具的东西来。比如说轮胎秋千吧,首先,要爬上去对小孩就是个考验,而且爬上去要坐稳也不是件易事,不小心就哧溜一下又滑下来了。还有那隧洞,也是可以训练孩子们摸爬滚的能力的。而且在钻洞的途中,还设置了几处高低不平的水泥墩子,一个个间隔开,最高的离地有一米多,没有一定平衡力与胆量的小孩还不敢走呢!原来这么几个简直还算不上玩具的东西还蕴藏着设计者的匠心和教育思想哩!

东郊之美,就像这处儿童天地一样,都美在它的朴素之处了,当春天到来时,这里有的是野花野草,还有旁边那农家的菜地里,散布着的各种菜花,白黄红绿,倒也是一片姹紫嫣红。那刚刚翻过的泥土透出的芳香,扑鼻而来,像酒,像蜜,也是那么令人陶醉。秋季,这里的树一律都变得瘦削起来,山坡上的草黄黄的,踏上去脆脆地响。躺下去,把头嵌在一尺高的荒草丛间,耳旁听不见公路上汽车的马达声和喇叭声,抬头看那高高的明净的天空,顿时令你身世两忘,那心也随着天上的飞鸟、白云远远地去了。

东郊的确是一片自由的天地。在这里,你可以骑着自行车自由自在地到处闲逛;也可以找一处开阔的空地,一伙人玩排球、打羽毛球;也可以找一僻静之处,架上画板静静地写生,那是很少有人会去打扰你的;也可以走入密密的树丛间,在石头上两人肩并着肩,手拉着手,轻轻地道说心中的秘密;也可以沿着那无路的山坡,走至那人迹罕至的地方去放声高歌。

东郊自然也有热闹的地方,那就是烧烤区。那里永远是欢声笑语,红红火火的。在那里,斯文哪,文静哪,仿佛都被红红的炭火融化掉了。人们头上冒着热汗,嘴里呼呼地吹着刚烤熟的食物,那股馋相若在平日里是绝对见不着的。

东郊真真是显得有些野了,但却野得可爱,野得真挚。它把一切向你朴素地敞开着,也让你把一切放开来。它并不为它没有向你提供什么好玩的、好看的而感到惭愧,因为它所有的,你可以随意选择,全部占有。它的朴素之美,它的野趣,统统地袒露无遗,它只希望你以自由的心灵、自然的情趣去容纳它、领略它,与它拥抱在一起。

(注:东郊公园是如今的天河公园的前身,20世纪90年代初更名为现名。)

花开时节又逢君

阳春三月,又到了踏青的时候,又到了桃花盛开的季节。在那些取名为"世外桃源"或"桃花源"的地方,挤满了前来赏花散心的游客。他们在茂密的桃林里和青溪碧水间流连忘返,禁不住还吟诵起晋人陶渊明的《桃花源记》来:"晋太元中,武陵人捕鱼为业。缘溪行,忘路之远近。忽逢桃花林……"正是在这"芳草鲜美,落英缤纷"的景色里,今天的人们又与陶渊明相逢了。

陶渊明作此篇著名的诗序是公元421年,距今已经有1500余年了。但千余年来,人们始终会为他创造的"桃源境界"所倾倒,也为他制造出来的"千古之谜"所吸引,原因就在于他创造了一个引人入胜的人间仙境和文学胜境。

说陶渊明写的是诗序,是因为他后面还带有一首诗《桃花源诗》,按文体来说正是诗序。但作为诗序又的确太长了一点,长得像一篇散文。细究,它更像一篇小说,因为它有故事,有人物,有情节,而且还似真非真,似幻非幻。这正是诗人陶渊明艺术虚构所创造出来的一个精神寄托,一个与污浊社会相对立的美好境界。

过去的研究者曾说,这是陶渊明的政治影射,目的是针对当时善搞阴谋肆意作恶的刘裕的。如果将陶渊明此文仅仅限于政治,那就太低估了它的艺术价值和艺术魅力了。作为隐喻的桃花源,它不仅仅是一种政治修辞学,更多的是一种文本修辞学,它所具有的人性光辉和社会理想使它远远超越政治影射而转化为人类共同的一种精神理想——杰出的乌托邦:景色优美、土地肥沃、生态和谐、民俗淳朴、人尽其能、老幼皆安,人与人之间的关系极为融洽。它给后人留下了无尽的遐思和充满无限想象的空间,从而激发起人们对美好世界的向往与追求,正如再上溯到中国哲人所创造的大同世界一样,吸引着无数政客与文人为之咏唱。

乌托邦的基本精神是为未来描绘一种境界，看似与现存世界格格不入，但却蕴含着早熟的真理。古往今来，中外都有对乌托邦境界的描绘，有些甚至渗透在哲学与宗教的经典中。从其人性的共通点来看，乌托邦其实是人们用以颠覆现存世界的符号，是用一种尚未成为现实的"未来"激发起人们对现实世界的改造与完善。卡西尔在《人论》一书里论人性时就高度肯定过乌托邦的积极作用和独特价值。乌托邦构成了人性追求美善的内驱力，因而可以超越时空、地域、族群而具有独特的魅力。难怪自唐以来，有王维、刘禹锡、王安石、苏轼等大诗人都和过陶渊明的《桃花源诗》，苏轼甚至说："吾意天壤之间若此者甚众，不独桃源"，他是最早看到"桃源世界"具有超越性的古代哲人。

回头再说一说陶渊明此文像小说的问题。这是因为它通过虚构的文本使整个桃源世界变得梦幻起来。文章开始的时候，作者写故事发生的时间似乎是确定的，后续的人物、故事写得也似乎真有其事，但这只不过是为了缩短与读者的心理距离而已，仔细追究起来，这其中却充满着不定的因素，如所见此场景的人物是虚化的，一个无真实姓名的渔人而已。关键在文章结尾时，渔人虽处处做好标志，但太守派人去寻找而"不复得路"，迷失了标志，也失去了这个世界。作者补叙的南阳高士刘子骥去寻找也"未果"。这"遂迷"与"未果"以及"后遂无问津者"的结局，终于造就了桃源世界的梦幻性。在日后的文学世界里，桃花源因此成为"方外净土"的代名词，"向往桃源"成为中国文人内儒外道的精神延伸，"渔人"或"渔夫"也成为"归隐"的艺术符号。这正是艺术虚构赋予桃源世界具有永恒艺术魅力的美学因素所在。

在我们与陶渊明相遇的当今，我们当然不仅仅是赞赏他所创造的乌托邦，更重要的是赞赏他所创造的"诗意地栖居"的生活方式以及具有生态观念的乡村模式。当然，我们也会赞赏他那种不与黑暗同流合污、不为五斗米折腰的内在人格和不以委屈累己的价值取向。在今天创造美丽乡村、生态乡村的广东，我们所营造的"绿道"已搭建起通向生态乡村、美丽乡村的通道，未来之日怎样使村民在看得见青山绿水、记得住乡愁的同时，构建起和谐安宁的人际关系以及回归淳朴厚道的民风民俗，却是需要我们去花费一番功夫的。去年我读过一位作家写的纪实文学《大国空村》，所言之事委实让人伤感与叹息。他笔下的乡村之景的确与"诗意地栖居"有着极大的距离。虽然他写的不是广东的乡村，但所做的提醒与警示却是我们必须去记取的。也正是从这一点出发，我们重读陶渊明的《桃花源记》，会给我们当今创造美丽乡村、生态乡村注入新的活力。

今年的头三个月，我下乡去看过好几个生态乡村的样板，有广东佛山的，有贵州安顺的，也有河南信阳的，它们的推广意义显然是指向未来的。相信经过不会太长的时间，陶渊明笔下的乌托邦，会在勤劳智慧的中国人手中逐步变为现实。到那时，桃花源不只是活在我们的记忆里，也会融化在我们的现代生活里。

我们看海去

6月,是大学毕业生最繁忙的季节。他们匆匆地举行告别晚会,匆匆地在校园里留影,匆匆地拜访自己崇敬的教授,似乎要把四年的大学生活统统都打包进他们的行囊带走。

在一次送别的晚会上,毕业生带着伤感唱起了"长亭外,古道边,芳草碧连天……"的别离曲,而后,他们请我给他们几句赠言。我为他们朗诵了一首潘洗尘所作的诗《六月,我们看海去》:

六月看海去看海去我们看海去,

我们要枕着沙滩也让沙滩多情地抚摸,
我们赤裸的情感,
让那海天无边的苍茫回映我们心灵的空旷,
……
我们是一群东奔西闯狂妄自信的探险家啊,
我们总以为生下来就经受过考验经受过风霜,
长大了不信神不信鬼甚至不相信我们有太多的幼稚,
我们我们我们就是不愿意停留在生活的坐标轴上,
六月是我们的季节很久我们就期待我们期待了很久,
看海去看海去没有驼铃我们也要去远方。

我对他们说:你们即将从知识的大海扑进社会的大海,没有了导师,舵手是你们,罗盘在你们手中,你们定要驶出停待得太久了的港湾,去到遥远遥远的远方。难道你们不早就在等待着这一天的到来吗?他们报以热烈的掌声,于掌声中我似乎看到了升起的风帆,听到了起锚的铃声,我与他们一样激动不已。

世界是海,社会是海,这海就如自然中的大海一样,充满传奇与神秘,富有百千万种面容,让你充分领略人生历程中的甜酸苦辣。人们之所以喜欢观海,正因为从大海的神态中可得到许多的启示。

浅浅的海湾自然有它的妩媚和可亲。然而,浅海只是休闲时的场所,更多的时候我们还得像出海的渔民一样,到远海、深海去辛勤劳作,去打捞丰收的希望与果实。

狂啸与暴怒的大海自然有它的恐惧与可怖,然而它也唤起我们内心的崇高与力量。狂风裹挟着白浪一次次扑向海岸的岩石与堤坝,掀起数丈高的巨涛,那飞飞扬扬的水花在风梭的编织下于海边形成一道道雾网,又一次次被巨浪与狂风撕裂。往今复今,直至狂风精疲力竭地退去。那惊心动魄的场景使你眼底的相片永远充满着亮色。在社会的大海中,生命的亮色又何尝不是在一次次大搏击中绘成的呢?

难怪历史上杰出的艺术家总是把大海作为精神与力量的象征物。征服大海就是征服命运,收获大海就是收获人生。尽管海明威笔下的老人,出海归来收获的是一架大鱼的骨头，但他毕竟是出海了，这鱼骨头也是经过千辛万苦的搏斗才拖回来的。他是精神的成功者，命运的征服者。

在我们征服命运、收获人生的航程中，我们还是多多地领略一下大海的风姿吧！

6月，我们看海去！

平生难解山水缘

我一介书生,平时不嗜烟,不贪酒,唯一的喜好就是旅游。

青年时代受前辈启蒙,被告诫"读万卷书,行万里路"。回想起来,我已过不惑之年,万卷书读完怕难以达标,而万里路走过则不是吹牛了。五岳之中,除南岳衡山因总想到离得不太远随时可去而至今未去外,其余都早已寻访。名山中还游历了黄山、九华山、普陀山、庐山以及长白山、鸣沙山等等。海南的"天涯海角",内蒙古锡林郭勒的成吉思汗陵,厦门的鼓浪屿,敦煌的莫高窟都留有我的足迹。

记得读研究生时期,与同窗几人一道做艺术考察,从桂林出发,停留洛阳睹十朝古都遗迹,登嵩山,访白马寺,观龙门石窟,继而在去西安的路上又登西岳华山。在西安逗留六日,饱览西安历史文物古迹与古城风貌后,再至甘肃敦煌莫高窟。返回时经宝鸡转成都,游乐山,停重庆,乘船沿三峡而下到武汉。历时近一月,也只花掉不足500元的费用,真是大长见识,不亦快哉!这一趟考察,对于我这位从事文艺理论专业的研究生来说,受益匪浅。它不仅使我对中华文化尤其是文学艺术有了真切的感受与体验,而且大大提高了我对中化文学艺术的审美感受力。华山、嵩山以及西安碑林中的书法,茂陵前的石雕像,莫高窟的壁画,龙门石窟中的"龙门十二品"及其精美的卢舍那佛像等等,以及它们和自然山水之间构成的美学关系,都成了我思考、研究的对象。之后,我写作《宗教与山水美》一书,着重探讨了中国佛、道二教与山水美之间的关系,其间的许多材料都是用我游访所见所得,书中的不少观点也是由我对实地的考察、思考、领悟所出。当时写作此书,15万字用了不到4个月,写得十分得心应手,我的这一趟游历起了非常重要的作用。

近几年来,在深圳、珠海、东莞、中山、江门等地跑得较多,对改革开放引起的变化有了感性的认识。加之北方一些城市、农村也游览过,对比之下更觉得广东的改革开放无论在观念上还是行动上都走在前面。于是,对广东的文艺创作也有了比较切乎实际的看法。在《走进岭南——关于广东文学创作及其文化走向》一文里,我认为广东文学描写的是一些新鲜的东西,看似表面,但透过现象却能呈现出现象下涌动的社会改革变化的实质,呈现出观念与行为的前进过程。批评家要面对现实发表意见,如果不真切地感受现实,又何以提出实事求是的评论呢?平日里的游山玩水,并非全在乎山水,民风民情、景观设计中的经济思路、民众的心理状态等等都会进入我的大脑,汇聚、撞击而形成见识。

山水有灵性。在山水的胸怀间徜徉,会激起写作的灵感,甚至连文笔也变得灵动许多。1995年秋,我游览北京门头沟区的戒台寺,在阵阵松涛之中我将戒台十大名松仔细辨认、观察,就在寻找那一株株名松与左观右看之时,我产生了莫名的写作冲动,归来后即创作了散文《戒台读松》。妻子、女儿当第一读者,看后却说是我写得最佳的一篇散文。我在香港岭南学院做客座教授时,有一次曾到司徒拔道旁边的洋人墓地散步,一座座墓碑看过去,读他们的名字年龄。突然,一座设计得像一本翻开的书的墓碑吸引了我,让我在那里沉思许久。后来这段沉思唤起我写作的欲望与灵感,于是写下了散文《生命是一部书》。

旅游过程中还常有奇遇,会交上一些朋友。这些朋友会与你谈许多你不知道的事情,甚至关于他以及他周围的生活。能结识新朋友,在山水之间边游边谈,不亦乐乎!1984年,我游泰山。在泰安下火车时才凌晨四时左右,黑乎乎的不知往哪儿走。我将行李存在车站,就随着人流而行。爬了一大段山后才发觉只有我一人。正要退回去时,前面有人招呼我,互相介绍才知道他是苏州手表厂的一个工人,一人出来旅游。我们共游泰山,一下子成了朋友。再回火车上时,发觉他竟然带了可以铺在座位底下睡觉的竹席,才知道他是如此酷爱旅游的奇人。于是我放弃了立即到上海的念头,与他又共游了南京、无锡,并在他的家乡苏州待了几日,还一直住在他家里。这段经历我一直难忘,回想起那时人与人之间的真诚、纯朴,仿佛有隔世之感。但我相信,人只要真诚对他人,终会赢得真诚的回报。旅游途中,人常有"同是天涯旅游人"的感觉,会自然亲近起来,这不正是我们了解人的机遇吗?

我居暨大明湖畔小单元教工楼时,因楼凭栏临水背靠小土山,曾把我住的 7 平方米的小室取名为"三乐斋",意即"乐山乐水乐诗书"也。后搬至苏州苑,已无山水可傍,但山水却总在我的心中。我现在的书房内挂的是我的朋友黄格胜画的一幅画,名《山高水长》,而每年寒暑假,只要不忙于开会,我总要抽出时间去与山水亲近,了却情缘。我这个嗜好甚至已经传给了我的妻子与女儿。

活水源头在生活

宋代哲人朱熹有诗喻读书的兴味与境界:"半亩方塘一鉴开,天光云影共徘徊。问渠那得清如许,为有源头活水来。"他将思想的源头归之于不断地读书,是有历史局限性的,读书能启发我们思考,激活我们的思想,也能拓宽我们的视野,增长我们的才干,这当然都是不错的。但是,作为领导干部,更为重要的还要善于将读书与改革现实结合起来,从现实生活中获得改革的灵感和动力。尤其是知识分子出身的领导干部,可有书卷气、儒雅气,不可有书生气,更应该多对现实生活进行观察、体验、思考。

现实才是一部真正的读不尽的大书。

毛泽东同志在土地革命时期大兴调查研究之风，就是主张决策者要从现实出发，有根据地提出相应的政策与行动步骤。如今在改革过程中，各层次的干部都注重调研与考察，上山下乡到基层，到外地学习取经，甚至还到国外考察学习，应该说这也是在读社会这一部大书。常言道："读万卷书，行万里路"，读书与行路应该是互相补充、互相促进的。

公务出差或开学术会议期间，我很注意观察所到城市的形象与风情。有时我会持地图乘公共交通工具去观览当地的文物胜迹和街市风光。各个城市有自己独特的建筑风格，有不同的布局与设计，街道的管理水平也各有千秋，人民的生活习惯、生活水平也有差异，从这些差异当中你可体会出各地领导者的领导艺术，并学到他们的管理经验。当前，各地城市都像大连一样，不追求最大而追求最优，不断地改善城市形象，提高管理水平。由此我联想到：任何单位无论大小，都应根据自身的特点与优势进行规划和设计，突出自己的个性，将特长发挥到最优；同时还要通过重视内部管理，创造优良环境，树立良好形象。

我在韩国大田市参加学术会议，会议结束后到了首尔，与几位教授一起住在一个由当地居民开的小旅馆里，然后拿着英文地图坐地铁逛首尔，效果出奇的好。因为这种民间性的旅游可以仔细地观赏景观与民间风情，并且从从容容去体会其中的文化内涵。如韩国很重视保存他们的文化传统，不大的太庙申请成了世界文化遗产，建立了体现韩国特色的泡菜博物馆，街道中心往往保留着旧时的城门，等等。现代化的建筑则设计得恢宏大气，体现出东西方文化互相融合的特点。如奥林匹克体育中心，有现代化一流设施的体育馆，有现代意味极浓的露天艺术博物馆，也有充满田园风味的健身小径，蜿蜒的小径中间竟然种一片油菜，直至枯萎也不收割，色彩对比强烈，颇富审美性，以至于此地成为融体育、艺术与旅游于一体的著名人文景观。韩国的旅游对我很有触动，它让我思考到，我们在改革与建设过程中如何将传统与现代相结合，建设有中国特色的社会主义文化，这将是一个相当艰巨而又富有重要实践意义的课题。

去年暑假，我随旅游团到九寨沟旅游，也有新的启发。过去传闻九寨沟开发后环境受损，这次去一看，觉得保护措施很得力，进入景区就有专门的环保汽车，游人招手即停，每一站内都有环保人员提醒游客保护环境并负责捡收垃圾。看来，任何地区，只要决策者、管理者有环保观念，有长远的眼光，不搞短期效应，有效的环保措施并不难做到，而且将从中受益，在可持续发展方面保持优势。

多姿多彩的现实生活是领导干部新观念、新思想、新视野乃至新的工作方法的源头。我们要善于从现实生活中获取启示，争取得到更多的人生体验与思想收获。

湾区的足音

南国的三月,经冬的树木还来不及换掉一身黄衫,枝头上就已见嫩叶从鹅黄转为淡绿,继而枝条竞相伸出一袭绿色水袖,迎风飞舞,好不潇洒。在柔和轻暖的春风里,我从沿海高速广深线驱车抵达深圳前海,见到的都是火热的工地,头戴安全帽的工程技术人员和施工人员在忘我地忙碌着,听到的也尽是挖掘机、铲车、搅拌机以及风钻的声音。在前海,你又见到曾经名噪一时的"深圳速度"。几个月没有来,这里已经是高楼林立,林荫道上的树木也都返青长叶了。

规划前海时,大湾区的概念还在共和国躁动的母腹中,无意间,前海则成为粤港澳大湾区建设的排头兵,成为对接香港的桥头堡。深圳正以前海为引擎,拉动起大湾区的巨轮扬帆起航。

前海首先拉动的自然是与前海接壤的宝安了。相对于前海,宝安已不再是湾区的腹地,随着前海区域的扩大,宝安的地盘也正在被纳入前海的核心区里。在宝安的滨海文化公园内,一座宏大而精致的"深圳之声"演艺中心已经布下蓝图。这是世界闻名建筑设计师严迅奇的创想巨作,它以"灵动之水、力量之石、曼妙之音"的艺术形式,打造一座大型的临海凭风的海上歌剧院。它的出现将成为深圳城市文化的新坐标,也将成为世界湾区领域内城市文化的新名片。

从宝安中心区前往其辖地的松岗街道,途经最繁忙的107国道,这里是一派繁忙和兴旺,装载集装箱的大卡车接成长龙,将当地先进制造业生产的产品运往全国各地,有的还将走向世界。据松岗街道负责人介绍,大松岗建墟始于南宋,历史源远流长,是岭南文化名镇之一,其辖区内的文天祥纪念馆、蔡学元进士第成为深圳市和宝安区爱国主义教育基地。"松岗七星狮舞"被国务院列为国家级非遗保护项目。松岗琥珀（国际）交易市场是全球最大的琥珀交易博览中心。"一格多元"基层治理获2018年度中国十大社会治理创新奖。松岗共有工业园区264个、上市企业12家，包含信隆公司和世界500强企业科思创等。松岗街道位于粤港澳湾区中心区域、深圳的西部中心、"穗莞深"科技创新轴线关键节点，占足了地理优势。因为与东莞的长安镇相邻，又处在珠江口东岸，就成为东莞与宝安之间的重要枢纽和物流中心，成为不少外商投资的理想之地。

步入深圳的母亲河茅洲河畔，宁静、柔美以及和美的生态环境让人感到一种温馨和感动。在四面环山、风景秀丽的松岗五指耙体育公园，我参观了正在修建的以文化和体育健身为主题的各种设施。公园内，一组以民俗和文化记忆为主题的建筑已然落成，它们依山势而建，全都被林荫所覆盖。开阔地带，正在修建一座龙舟文化博物馆。陈列松岗不同历史时期的龙舟旧物，回顾龙舟历史，原来松岗赛龙舟活动为纪念民族英雄文天祥而设，每年端午前夕，松岗各社区展开龙舟竞技，延续传统并加以创新，被列为广东省非物质文化遗产保护项目。

松岗立足湾区,近年来却办起了大事,特别是松岗实行"以党建引领文化发展"模式以来,松岗文化花园更加欣欣向荣。"一街道一品牌"的愿景逐渐变为现实,阳光少年诗文朗诵大赛、大家乐文艺展演等品牌争奇斗艳,优秀文艺作品鼓舞人心,各个文艺协会百花齐放。不仅举办了广东省龙舟锦标赛和广东省毽球大赛,今年还准备举办全国毽球大赛。五指耙公园内的湖泊有望成为全省龙舟与皮划艇的训练基地,至于承接大湾区的龙舟赛事那也是毫无问题的。

步入松岗街道的繁华区,我立即被一座大型建筑所吸引,那就是严迅奇在深圳的先行之作——松岗国际艺展中心。走入国际艺展中心,高达60米中空的大堂设计让人叹服,五彩缤纷而又别致的吊灯,多姿多色、线条优美的墙壁装饰和利于大量参展人群出入的阶梯式电动步梯,让我有如行山阴道上目不暇接。这种艺术与美的形式,承载的也是与人们日常生活美学直接有关的家装设计业。这座12层的建筑内,已进驻意大利及欧美家装设计企业近百家,国内顶级的家装设计大师工作室与企业也有近两百家,成为超过罗湖艺展中心的又一深圳名片。它不仅直接承接广交会展览的某些艺展项目,而且独立办起了以意大利装饰设计业为主题的艺展会。艺展中心旁边,还建起了供设计师们家居办公(SOHO)的公寓。为了培养设计人才,艺展中心与香港联合办起了湾区设计学院,其目标就是"立足湾区,面向世界"。

立于艺展中心12层的露天平台,远眺107国道上川流不息的车流,俯瞰以国际艺展中心为主题的群楼和正待开发的艺展中心第三期工程,我真切地感受到了松岗乃至宝安以及深圳为落实粤港澳大湾区发展规划纲要,建设具有全球影响力的国际科技创新中心和宜居宜业宜游的优质生活圈,已经做足了准备。

跫音已响,春帷已揭,就在零丁洋畔,就在宝安这片热土上,我已经窥探到了2035年大湾区的无边胜景。

Human Life:
a Book
Penned and Perused

生命是一部书

第三辑

文海情缘

王元化师:大象无形　大爱无疆

2008年5月9日晚10时48分,上海的好友吴宏森发来短信,告知我的恩师王元化先生刚刚过世了。顿时,我的脑子里一片空白,悲痛的泪水模糊了双眼,一夜无眠,沉坐良久,当年在先生身边求学就教的点滴往事一一浮现于眼前……

1985年9月,我考入华东师范大学中文系中国文学批评史专业,与陆晓光一起成为元化师指导的第一批博士研究生,当时先生刚刚从上海市委宣传部部长的岗位上退下来。第一次见先生时,是在他淮海中路的家里。先生在摆满书架并不宽敞的客厅里与我们谈读博期间的学习研究计划。当我提出想从魏晋南北朝文学理论术语入手去研究魏晋玄学或佛学与文学理论的关系时，先生不但给予肯定并给我开出了必读书目，还嘱我应从研读《说文解字》《经籍纂诂》入手，掌握扎实的做研究的基本功。当时，上海图书馆馆长顾廷龙先生与他住同一栋楼，他当即给顾先生打电话，推荐我向顾先生请教训诂学的问题。后来，随着我研究课题的逐步展开和深入，先生又请了诸多名师来指导我的研究学习。如要我向上海古籍出版社的叶笑雪先生和华东师大的冯契先生与苏渊雷先生请教佛学和中国哲学知识；向苏州大学的钱钟联先生请教中国诗学知识等。先生之所以如此费心，就是想让我转益多师，博采众长，从各位名师之处吸取丰富的学术营养，打下扎实的学术功底；同时，在与这些堪称当代学术大师的交往中获得深邃学术思想的浸染和人格魅力的熏陶。先生对于学生的关爱，用心良苦由此可见一斑。元化师指导学生擅长因材施教，他给我们上课时从不刻板地照本宣科，总是以询问我们近期的读书情况、收获及疑难问题起始，然后才分别针对我们提出的观点和问题谈他的看法，某些话题他一讲就是一个多小时。他说话的语速很快，充满激情，其间不时闪烁着晶莹的思想珍珠的光芒,令我们耳不暇接,常有茅塞顿开之感。什么叫思想盛宴?什么叫如沐春风?什么叫心灵享受?但凡见过先生并与他有过深谈的朋友大概都能领略到先生讲演时的才情、风采与境界。作为他的博士研究生,我们更是从他那洋洋洒洒的讲习和耐心细致的答疑中深切地感受到他对我们的期盼与关爱。

先生对于我们的关爱常常超越师生之情,有时更像是对亲人和儿女。那时,我家在外地,家庭负担较重,生活比较清苦,先生和师母就规定我每周周末必须到他家去吃一顿饭,改善一下伙食,让我心里充满感动。妻子带着4岁的双胞胎女儿到上海看我时,先生热情邀请我们到家里做客,师母张可先生亲自下厨以丰盛的家宴盛情款待,考虑到小孩子爱吃甜食,细心的师母还特意制作了精美的西点,那其乐融融的温馨场景至今仍留在我们难忘的记忆里。博士毕业后我到了广州工作,在书信往来和电话里,先生总要问及我家人的情况,当他得知我的两个女儿已经长大并双双考进北京的名牌大学时,多次叮嘱我把孩子们的照片寄给他看。2007年6月我去上海开会,专门将放大的家人的照片送去给他。当时,先生捧着照片仔细端详,那慈爱的眼神和满足的笑容令我为之动容。2008年4月30日,当我听到先生病危的消息,专程赶往上海瑞金医院看望先生时,没想到说话已十分困难的先生竟再次问我带了孩子们的照片来没有。可是由于我走得匆忙,并没想到此事,竟成为一大遗憾。这次陪我去看望先生的还有我同届的同学陆晓光,我一直静静地陪坐在先生的病床前,紧紧地握着他的手。其间,有一会儿先生睁眼不见晓光在病房里,就问他去哪里了,蓝云告诉他说晓光可能下楼去抽烟了,他听了很生气。先生戒烟已三十年了,他现在患癌,与他早年被囚禁时不断抽烟不无关系,因此他最反对别人尤其是自己的学生抽烟了。前几年,刚至不惑之年的钱钢身患绝症弃世而去,他就嘱咐我们要特别注意劳逸结合,注重身体健康。钱钢帮先生整理过许多文章,虽然他没有正式入到先生门下,但先生对他厚爱有加,钱钢病重时,先生在经济并不宽裕的情况下,专门从稿费中支出一万元用以资助他治疗。

先生心胸宽阔,待人真诚,对有困难的朋友更是竭尽所能为他们排忧解难。教授我佛学典籍版本知识的叶笑雪先生曾注释过谢灵运诗集,佛学与国学功底深厚,20世纪

50年代他在上海古籍出版社工作时被错划为右派，下放到浙江乡下劳动。"文革"结束后，元化师利用他主编大百科全书的机会，将叶先生从乡下请回来，除负责大百科全书的审校工作之外，还帮助上海古籍出版社审编一些书稿。当时叶先生一家租住在虹口区一间狭小的屋子里，生活十分艰难。每次我去问学时，先生总提醒我要向系里申请一点授课费拿给叶先生。

先生八十寿辰时，我们几个学生有幸与他一起去了杭州，当时浙江美术学院的许江出面接待，我们一起在云栖散步，在"楼外楼"欢宴，度过了极美好的时光。但在返回上海的路上，先生却对我说了一句话"要是张可也能走动走动多好啊！"言语之间透露出许多无奈，又体现出对师母张可先生的无限深情。先生最喜欢的是他与师母张可在黄山散步和小憩时的照片，那时候他们刚刚获得解放，一脸的笑靥，一身的轻松，更重要的是他终于可以自由地与张可先生在一起了。1986年，《文心雕龙》学会在安徽芜湖开会，我们跟随他和师母一道前往，同行的还有张光年先生、曾镇南先生等。我们从上海到南京，在南京师大听完先生给学生做的演讲后，晚上再乘火车去芜湖。在出门或下车时,先生总不忘给师母提一提披肩,担心她受到寒气的侵袭。因为他50年代的不幸遭遇,张可先生很早就中风,行动不便,说话困难,先生心中为此存有深深的愧疚,他总是想让张可先生更快乐、更舒心一些,所以,他对张可先生的呵护就像是对小孩子那样细致周到,体贴入微。一年前,张可先生去世,他给她写了一段充满深情的文字,打印分发给亲朋好友,字里行间表露出对她的透彻理解和深深怀念。

先生的心永远是火热的,"古道热肠"用在他身上可能有点陈旧,但先生确实秉持了中国传统文人身上那种"不以物喜,不以己悲"的悲天悯人情怀。先生从来不计较过去的纠葛,而总是从一个学者的角度对国家的前途、人民的理想、文化的命运担忧着、计量着。先生曾身居高位,又在社会上极具影响,但他从未给他的独生儿子谋取过什么利益,他儿子至今还是上海博物馆一名普通的工作人员。先生身上又有着五四新文化运动洗礼过的新时代文人的批判精神和人文追求。他崇敬鲁迅,喜爱巴金,向往罗曼·罗兰的浪漫,钟情康德与黑格尔的理智。他提倡"离经不叛道",对实事求是有着深刻的理解并竭尽全力去践行。他不怕被别人误解，他只用他留下的文字供社会享用，供历史鉴别。先生去世的次日，上海的报纸都刊出了这样的消息："中国共产党优秀党员、著名学者、原上海市委宣传部部长王元化同志，因病医治无效，于2008年5月9日在上海逝世，享年88岁。"这则普通得不能再普通的消息，在我的眼中却重若千钧。九泉之下，先生的英魂当得以告慰。这几天的报纸与网络频频出现着先生的照片，那炯炯有神的双眸、坚毅而慈善的面容给人留下了难忘的印象，而先生的才情智慧以及他留下的精神财富，却是无形的，将永远地留在我们的心中。

刘醒龙:他给自己创造了又一座文学里程碑

2019年的8月真是一个文学热闹的时节。四年一度的茅盾文学奖开奖了,70余岁的梁晓声与年届九旬的徐怀中都获奖,可见文学真是个不老的事业。当月,我与第八届茅盾文学奖获得者刘醒龙在广州的"南国书香节"上会面,就他刚刚出版的《刘醒龙文学回忆录》进行了一次对话,完成了一场"刘醒龙文学之旅"。

近年来,由作家本人写就的文学回忆录或自传体小说有了大的变化,有的已经不再拘泥于自身的文学实录,而是将自己嵌入文学之中,在打破纪实与虚构的界限中展示自己对生活与文学的理解。诺贝尔文学奖获得者奈保尔的

《抵达之谜》就是一种"半自传体小说",它在描写英国威尔特郡乡村生活及景色中穿插了作者本人的写作历程和心灵感受,既像散文又像小说。刘醒龙新近出版的长篇小说《黄冈秘卷》中也有他自己以及他爷爷和父亲的影子,但它显然不是"半自传体小说",因为里面虚构的成分占大多数,如果以此去探寻它的文学生活和文学见解,那就太不靠谱了。而作为研究刘醒龙的材料,《刘醒龙文学回忆录》才是正本。

初见刘醒龙,见他留着板寸头,腰板挺得笔直,总以为他是军人出身,其实他出生在一个乡村干部的家庭,年轻时当过工人,是从阀门厂车工怀着文学理想奔向文学道路的。在许多评论家眼中,他从来就是一个"正面强攻"的作家,从他获得第一届鲁迅文学奖的《挑担茶叶上北京》到闻名遐迩的《凤凰琴》与《分享艰难》,再到获得茅盾文学奖的《天行者》,他几乎是一根筋地戳在现实的土壤中,如正在农田里挥汗如雨的农夫一样埋首写作。他在文学回忆录里说,获奖对他来说正如过年,而平常的写作就是过日子。大人望种田,小孩盼过年。他是文学成年人了,写作自然就是平常的过日子。正如他在与报社合作写长江探源的报道当"新闻民工"一样,平常的写作不过是文学耕耘者应有的担当。

而在刘醒龙那里,作家与农夫的最大区别在于:作家写作要靠脑和手,但更重要的是依从自己内心的需要去写作,要依靠灵魂与血肉去写作。重视灵魂品格,遵从血脉风骨,就构成了刘醒龙独特的写作个性和独有的文学观。

1992年刘醒龙写作中篇小说《凤凰琴》时,是被乡村教师在艰苦环境中的坚持所感动,是被那些乡村教师的品格所感动;11年后,他写作《天行者》,注重的依然是乡村教育的主题,是心灵的再次被震动与感动。他是要为那些在20世纪后半叶中国大地上默默苦行的民间英雄书写悲壮而又如史诗般的赞歌,是要向那些灵魂高尚与品格高贵的人致敬。

刘醒龙崇尚人伦的高贵,骨子里有着一种楚人的傲骨,独立不迁,不随众流。在他的小说《分享艰难》引起争议时,在有人将他看作是"现实主义冲击波"的领军人物时,他始终保持着清醒的认识,也保持着独立的写作姿态。他认为别人的话永远是别人的话,他的写作,过去、现在与将来都不会与其他人搅在一起,把他的写作划归某一流派的做法，只能是抹杀了作家的个性。这挺有点像流行歌曲《没那么简单》里唱的"别人说的话，随便听一听，自己做决定"，真的是没那么简单！这就是楚人的性格了吧。正如我的博士导师王元化先生一样，他也是楚人，他总是强调他在学术写作上从来就是"单干户"。

这血脉风骨或许就来自他的爷爷，爷爷教他做人要贤良方正；或许也来自他父亲，从不抱怨环境，做人就做一条硬汉；或许还来自他的家乡黄冈，在那里从来就没有出过一种背叛。"唯有故乡才能给我们以未来"，《刘醒龙文学回忆录》中的第二章就这样将刘醒龙的过去、现在与未来的心灵告白联系了起来。唯其如此，我理解了他为什么是一个特别能吃苦、玩命般写作而又是独特的"这一个"的海明威式的写作者。

刘醒龙在回忆录中提到的一个细节给了我极深的印象，那是2018年刘醒龙与时任湖北省委书记蒋超良的一次会面，他们聊天的大部分时间都在说自己当车工的体验：加工不锈钢时，那飞起的铁屑一旦落到皮肉上扯都扯不下来。刘醒龙对此还有更深一层的体会是，由于加工时铁屑带有几百摄氏度的高温，那些落入领口沾到皮肉上的铁屑不仅扯不下来,还会同时冒出一股烤肉香。这车工的经历就是他绝对了不起的青春,锻造了他近乎不锈钢一样坚韧的神经。这血与肉的工作就带入他的文学生活转化为血与肉的写作。我理解,那就是文学要有疼痛感和温度,不痛不痒的文学何尝不是多余呢!

作为一名从车间走出来的作家,文学路途的艰辛自然是不言自明的。他最早的小说并不是在湖北发表的,而是靠邻省的《安徽文学》的编辑苗振亚发现的。着力注意他并推出他作品的有北京的《青年文学》和《上海文学》的主编周介人。早年的不断退稿与迈入县文化馆的两次折腾,再到调入武汉市当专业作家,刘醒龙走过了一段酸楚而艰辛的路程。他自己也认为,过早地发表作品,过早地成名,对作家来说并不是好事。只有不断摸索,不断前进,才能不断自我提升。当他回首这段路途时,他已经平静如水。生活对作家的磨难真说不清楚是幸福,还是艰辛与酸楚。古语中说的"江山不幸诗人幸",真还有些道理吧。

围绕着刘醒龙的乡村写作,评论家有不同的看法。刘醒龙出生于乡村并在乡村度过他的少年阶段,小时候他随着父亲工作的变动不断辗转于乡村。他记忆最深的是他和姐姐分别坐在箩筐里被他的叔叔挑着翻山越岭走到他父亲的工作队去。他听从爷爷的吩咐上山打过柴,还被一些烂人半路上讹诈过他担的柴火。对此他还抱怨过为什么其他干部子弟就不去打柴,而他偏偏要受此等辛苦。但他毕竟又是一个乡村干部子弟,他的全部情感来自乡村,但生活却未必全是,尤其在他步入青年当上工人之后,城市的背景却成为他反观乡村的他者视角,他已经跳出乡村写乡村,并且将乡村与城市关系紧紧地捆绑在一起。《天行者》如是,《黄冈秘卷》如是,《蟠虺》则更是深入到城市的骨髓之中。对此,他倒是赞同於可训对他写作的评价,於可训认为,刘醒龙的每一部表现乡村生活的小说背后,都有一个强大的城市背景在起着推波助澜的作用。这或许正是刘醒龙许多小说中的"我"的化身。

也正是这种视角,刘醒龙才会花六年的时间去写作一百万字的《圣天门口》,他想在潜藏的历史深处去言说充满文化深意的乡村史诗,去探索人伦的高贵与心灵的圣洁。这便不是一个乡村孩子的游戏和视角了,而是一个有着城市文化素养的作家在做灵魂的拷问和精神的探索。自然,他的这种探索有些越出他以前的规矩了,也许生不逢时,也许人们突然不太适应他了,总之,他看重的这个大部头与第七届茅盾文学奖擦肩而过了。

但这绝非坏事。1997年他经历过大连空难死里逃生的重大人生考验,自1999年始,他决意摆脱文学惯性,从中篇写作全心全意转入长篇写作,六年时间他磨出了《圣天门口》(三卷本)(2005年出版)。在被《圣天门口》绊了下脚之后,他花三年时间很快又写出了《天行者》,并且在接下来一届的第八届茅盾文学奖评奖中摘取了桂冠。

刘醒龙就是一个歇不住脚的文学长途跋涉者,在《天行者》获奖之后,他又写出了长篇小说《蟠虺》、《黄冈秘卷》和长篇散文《上上长江》。他认为,在文学的道路上,文学就是一场没有终点的长跑比赛,比的不是谁跑得快,而是看谁跑得更远。在文学长跑的途中,作家将一部作品写完了,也就等于竖起来一座里程碑,成为那个阶段的标志物。而里程碑的意义在于告诉作家,他在文学路上走了多远了,如果停下来不动了,就不会再有里程碑出现了。如今的《刘醒龙文学回忆录》就是他找机会去回顾他用文字创造的一座座里程碑,看看它过去的意义以及所显示出来的新的意味。不过，这又是他文学创作的另一座里程碑了。

刘醒龙看起来还真年轻，除了身体棒，游水能游1000米，心态也年轻，他的文学长跑还在进行时，那我们就等着看吧，里程碑在他的笔下会延伸得更远。

付秀莹：轻风掀起乡村的衣角

轻轻掀起《陌上》的第一页，小说的"楔子"就这样开头了："芳村这地方，怎么说呢，村子不大，却也有不少是非。"小说就在一幅幅乡村风俗画的展示中道出这芳村的是是非非。

说是是非，其实都是些鸡毛蒜皮的事，无非是东家长西家短，婆媳之间、父子（女）之间、夫妻之间、妯娌之间、干群之间的拌嘴吵闹，连带着一些流言蜚语。真正的冲突也不过是自个儿摔盆砸碗，闷头儿睡觉。有的时候还只是言语上的指桑骂槐，表面上的阿谀逢迎。但你千万别小看这鸡毛蒜皮的事，它们在日常流动中却孕育着时代风气的转变，给人心头添堵添乱，让你在浏览这乡村风俗画之中感觉到这乡村既熟悉而又陌生的面孔。

这乡村正是北方时下的乡村。村里为发展经济办起了一家又一家皮革厂，新盖的楼房多了。有的还贴着明晃晃的瓷砖，即使是农妇也都用手机，也可在家上网，晚饭后可以看《甄嬛传》和跳广场舞。谁家要给儿子娶媳妇，不但要建楼房，还得买小汽车。然而，随着皮革厂的发展，污染来到了，在北京要开什么会的时候村里的厂得关门。重要的是，此时的风俗人情、人心世道开始变化了。婚丧嫁娶、生小孩，随礼也就开始讲究起来了，互相攀比着，生怕别人看不起。虽然风俗还在，但人情却淡薄了，伦理观也在发生悄然的塌陷：皮革厂的老板可以有几个相好的，也可以干政；有能耐的农村妇女可以去城里开发廊与沐足店；村干部在村委会对面的小饭馆吃喝并与饭馆主人的儿媳私通主人也视而不见；老人老得动不了了，子女们也不管，老人只得喝农药自尽；一个赌徒为了当村主任拉选票到处给村民散发东西，村民照拿不误；不挣钱的农作物也没人再去种了。一种浓烈的金钱与物质欲望强烈地侵入村庄，改变着乡村的面貌，让我们对这曾经熟悉的村庄感到如此陌生和失望。

作者付秀莹在写这些的时候,不动声色,夹杂着的只是她微微的担忧,正如小说中时常写到的乡村的气味:"不知道花的香气悄悄漫过来,一阵子一阵子,有点甜,又有点微微的腥气。"我觉得这便是作者的隐喻。乡村的味道大约就是如此复杂、生动而多变的。

作者并没有给小说设置宏大的结构,只是随着节气的变化去描写乡村的日常进程;作者也没有给小说设置什么中心式的人物和故事以及冲突,但在一篇篇故事的叙述展开中揭开一个又一个人物的内心焦虑和渴望。书中的许多篇章甚至是可以独立成为一个短篇或中篇去发表的。但全书串联在一起,却又是那么有整体感。我以为这正是作者深谙中国古典小说的叙述传统,采取的是一种似断实连的缀段式叙述结构。从每个故事看,是呈板块状,而从以节令为线索看,又呈线状。节令的连续展开将每个故事、每个人物的活动空间串缀起来,展示出一幅宏大、生动、蓬勃的当下乡村生活图卷。

由此可以看出,作者在小说的"楔子"中专门将节令浓墨重彩地书写一番原来是有独到之意的,这正应上刘勰

《文心雕龙》"神思"中所说:"使玄解之宰,寻声律而定墨;独照之匠,窥意象而运斤。此盖驭文之首术,谋篇之大端。"

小说最后以在京城工作的小梨回乡过年为结束,主体是写她的经历与感受:她从城里回来却没有车,她在村里的小学同学却有车还有硕大的金戒指,连村里开超市的也都欺负她这从外面回来过节的,这芳村的年味大不如以前了,人们竞相在比照、在夸耀,人情人心都变了,看来这故乡是回不得了。作者以"题记"的方式"是不是回不去的才叫故乡"表达了她的一声叹息,沉重而滞缓。作者就以这样点到为止的笔触轻轻撩起了如今乡村的面纱。

《陌上》写的是河北乡村的事,作者的籍贯又出自河北(尽管她现在在北京工作),她的这部小说就很自然地让人联想到孙犁的"荷花淀派"。这不仅是指她那点到为止的叙述手段,也包括她那写景写人时常采用的白描手法以及恬淡素净、清丽而有韵致的文字。曹文轩教授曾说道:"在一个失去风景的时代,阅读她的作品,我们随时可以与风景相遇。"小说中乡村风景是迷人的,小说中的各色人物与他们的喜怒哀乐也是满满的风景,而这些在付秀莹的笔下都像是描写天上的月亮一样,淡淡地勾勒出来,背后则是无数闪烁着的星星,就像人的心事一样,深深浅浅,让你去猜个够。

陈村：落入思想之网的日子

有思想的人观察生活总是用智慧去透视生活，生活由此被思想擦亮而成为有意义的日子。正如有经验的渔夫在大海中张网捕鱼总不会落空，日子一旦落入思想者之网，就成了思想耕耘与收获的园地。读陈村的日记《看来看去》，我的第　感觉就是如此。

陈村是作家中的怪人，以尖刻的舌头出名，同时也以精深的思想著世。他看日子，看来看去能看出名堂；他记日记，记载了他对世界、对人生、对每日经历的新闻、对朋友家人平凡生活的思考与追索。

普通的日子在陈村那里可能有不普通的意义，常见的现象经过他的透视会变得不平常。如果有人研究创造心理学，陈村运用逆向思维、异向思维取得成功可以作为极好的例子。如他给朋友的儿子拷了一盘电脑游戏，就说："小孩玩游戏真是天经地义，又可培养对电脑的感情。古时候老说'玩物丧志'，一个人，倘若连游戏也没有心情游戏了，叫作'不玩物则丧心病狂'。"他借游戏道出了"不玩物"可能导致心理失常的后果，这也是"玩物"与"不玩物"的日常生活辩证法。又如他被邀去电台做直播节目，谈本周文化现象，则借此调侃了一通文化："本周有文化没现象，或有现象没文化。最值得一提的是电影《红粉》居然满座。吃饭，是本周也是下周以至于永远的文化现象。谈起文化，心里有些灰暗。"这里边，既表明了他对声称写了"文化"的《红粉》的轻视，也对时尚喜欢把"文化"泛化侈谈"一切皆文化"的不满。陈村甚至对自己在街上骑自行车摔了一跤也要记下他就此作出的追问。

从此本日记中，我们还知道了陈村的嗜好，如喜欢收集外国的好唱片，喜欢边听音乐边写作，酷爱围棋，等等，但这些嗜好正好呈现了他作为一个思想者的个性。他自己一个人打棋谱，是为了平静心绪，使心更能进入深思考的境界。他听音乐，也很注重心境，并认为好的音乐乃至一切好的文学作品都是为有思想的头脑创作的，因为它们当中有思想、有精神。

更精彩的是，日记中记下了他在这些日子里写下的各种思想随笔。这些随笔同样是他在平常的日子里思考的产物。他回忆插队时放牛的经历，从刚出世的小牛还不会转弯引发出人生的感慨："我当时没料到转弯竟是一门大学问，后来我有了一些社会经验，想想也是的，有的人一辈子这个转弯都没学好。"一篇《开导王朔》，嘻嘻哈哈之中灌注了不少辣椒水，把王朔们也开导得没商量。此文很有些鲁迅文章的遗风，老到得无空隙可钻，让人感到沪上文风的厉害。此文不足六千字，竟花了他半个月时间，可见好文章真是要用心思去写才成的。陈村经常又是"反潮流"的。当人们正在为一部描写婚外恋的流行小说《廊桥遗梦》拍手叫好时，他却顽固不化地指出它是"白日的梦幻"。虽然这部流行小说很明智地不去伤害读者的道德判断，但它却"无法令读者和主人公分享做贼的心虚"。流行小说可以浪漫，但生活却总是俗气的。中年人的情变婚变注定了"他们背负着沉重的道德枷锁,背负着自我的责难,背负着对后代的歉疚,并承担偷偷摸摸所造成的压抑。一切欢娱被深重的压抑感所抵消。人格非但没有在新的情爱中升华,反倒愈加降低"。

陈村之作在轻松之中引发出思考,让人总有所得。我想,日记和书信能达到出版的水平,必然要有它独到的价值才行。否则我们每个人的日记都拿出来出版,那岂不是垃圾成堆了。陈村日记中所记的"活思想"不一定崇高、伟大,但却同样充满"思想的闪光点"。他是作家中的"思想者",于是就有了这本值得世人一看的思索日子的日记。

张翎：担当与端庄

电影《唐山大地震》在国内火爆上映的时候，我与我的同事王列耀、蒲若茜教授以及国内多位海外华文文学研究专家到了多伦多，参加在约克大学举办的由加拿大中国笔会、约克大学和暨南大学共同主办的"加拿大华裔/华文文学国际学术研讨会"。张翎自然到了会场，会议还特地安排了一场关于她的作品的讨论会。她笑盈盈地与每个熟悉的人握手、交谈，有学者或学生请她合影，她大大方方地站过去，显得乖顺又配合。在专场讨论她作品的讨论会上，她静悄悄地坐在一角听着，不时地记着，亦不时地微笑着，看得出她已很习惯于这种"被讨论"的场面了。

我与张翎的结识已有多年。2003年她作为海外作家回国采风团的一员，最后一站就在广东，并在我校停留多日。当年安排她去开平采风，也是由饶芃子教授和我一起为她做计划的，而陪同者则是文学院的王列耀教授。2008年在广西召开的第15届世界华文文学国际学术研讨会上再见面时，我们已成为可以开怀畅谈的朋友了。而这一次在约克大学的会议之后，我与王列耀教授则受到她的热情邀请，在她家里住了三天。虽然白天我们都被其他作家安排出去考察交流，但在张翎家早晚的共同进餐与交谈中，则使我对她有了更进一步的了解。

刚到张翎家的第二天，她就接到老家温州亲戚来的电话，说温州市电影院在知道电影《唐山大地震》是根据她的长篇小说《余震》改编而成之后，特地邀请她家里的亲人来观看这部电影，以表示对温州出了这样一个大作家的庆贺。张翎听到后自然也很高兴，说那你们就听从安排吧。而过了一天，她又接到家里亲戚的电话，抱怨说电影院真不给面子，招牌打得很大，结果只给了25张票，亲戚们到得太多，很多人还看不上。张翎听到后乐不可支，说："谁叫你张氏家族人太多哩，人家电影院也要吃饭的呀!"

恰巧也是这天,河北电视台也打电话给她,说要邀请她回国到石家庄做一次人物专访,话题自然还是《唐山大地震》与她的《余震》。张翎回话说"待我考虑一下再答复你,因为你们的时间不在我的计划之内。"她征求我们的意见,我们说你若安排得出时间是可以去的,毕竟唐山在河北,谁叫你要写它呢?她说要考虑考虑。晚上对方又打来电话,说我们给你买头等舱机票,保证你不太累。此时的张翎大约已经想好,回复对方说:"那我们还是做一次电子邮件采访吧,你将问题发来,我在邮件里回复你,我的照片与书的图片我都会发给你一些的,活人就不出现了吧。对不起了!"我感到惊讶,问她何以如此处理?她说:"你不知道,我最近计划去越南旅行,还要去寻找题材与灵感呢,将自己搞得那么累怎么去旅行啊!更何况我的朋友都还在我家,我舍得丢下你们不管吗?"你看,这个张翎!

2009年张翎的《金山》获得了"中山杯"华侨文学特等奖,她回来领奖,顺便到我校为学生做了一次谈《金山》创作体会的演讲。离开广州回加拿大时,她对我说:

"我领奖时没有压力,领完奖后倒有压力了。因为中山市领导老叫我要写写中山。"这次再提此事,她说:"我倒想开了,去开平那是缘分,是冥冥之中我的感悟。我二十多年前在加拿大看到的中国劳工墓碑突然之间就与大洋彼岸的开平碉楼有了牵连。是开平成全了我,而不是我成全了开平。中山对我再好我没有灵感,没有电光火石的闪耀,我能硬写吗?我得按我的积累与体悟去写。"我跟她开玩笑说:"你积大德了,开平真应授予你一个荣誉市民称号,等电影《金山》出来,你还得火一把哩。"她说:"那是张导演去火了。我写过了就算过去时了,我不能只吃老本啊!"

浏览张翎的小书房,会知道她对阅读是很挑剔的。张翎是学英文出身的,西方的文学原著自然会出现在书架上,像《日瓦戈医生》《动物庄园》《1984》等书被翻得已有卷边,国内的《狼图腾》,莫言、贾平凹的小说集也都跻身在内。有一天早餐时,她与我聊起了《动物庄园》和《1984》,说:"那真是好小说,尤其是《1984》的结尾部分,精彩极了!男主人公温斯顿在经历酷刑折磨之时说的竟然是这样一句话:'你将给我做的一切也做在裘丽娅身上吧！'英文其实很简单：'Do！Julia！'这用中文是很难译出它的味道的。一个男人在经受不住磨难时竟然希望施刑者将酷刑也用到他心爱的女人身上去，足见洗脑的折磨有多残酷，也足见人性的复杂以及人求生本能又是多强烈！我就喜欢这种内涵很深的小说。"

张翎的书房无多余的摆设，除了书与电脑外，就是墙上挂的一幅朋友为她写的书法，上面抄录的是汪国真诗中的两句："一生一世有炎凉，朝也担当，暮也担当；丈夫遇事似山冈，毁也端庄，誉也端庄。"张翎说汪国真这两句诗她挺喜欢的，对此，她没做过多的解释。我理解，张翎对待写作是很认真的，总想为人类、为社会、为历史做点有担当的事，而她对待名利又是很淡泊的，别人对她的作品以至于对她个人怎么评价她都不会在乎，毁也好，誉也罢，她都从容端庄地接受。可见，她对写作是有大追求的。

我们每天吃早餐时都喜欢坐到她家后院的花园里去，一边吃一边闲聊，也一边看园子里的花草树木。张翎说不少树与花都是原来的主人种下的，她买下后也未做大改动，因为实在是没时间去打理它们。不过心情好的时候，比如完成一部小说啦，领了奖啦，她会去种花或修剪花与树枝。仔细看，她花园里种的花也都不是什么名贵品种，有菊花、金银花、海棠花、兰花等，更多的是月季。她说她挺喜欢月季花的，因为它们在不同的时候开不同颜色的花，且有连续性，能常常让她开心。她还指着鱼池边的三丛细长的树说，那是原住户留下的，到秋天的时候它们相继开出红蓝白三种花，好看极了。我在想，张翎之所以喜欢这些花与树，除了不用花太多的精力与时间去照料它们外，重要的还在于它们倒很像她的作品，可以开花结果在不同的时段，且有可持续性。张翎在不断开心地创作着、追求着，我们也在不断开心地阅读着、期待着。

也斯：文化眼睛里的文化风景

也斯是一个酷爱思考的学者兼诗人。他的艺术评论常发表与众不同的艺术见解，他的散文也常常对习见的事物和现象发出哲人式的疑问，同样，在他新近出版的诗集《游离的诗》中，也充满了一种文化性的思考。

此诗集的 50 余首诗，大多是他离开香港到柏林、芝加哥、纽约等地后写的。他置身于异乡之后再回过头来审视香港就有了不同的感觉，或者是在与异乡友人聚首交流的启示下又获得了对香港文化的再认识，或者是在观察异国的变化以及香港新移民在移居他国后的文化状况时触摸到了文化变迁的一种具体的形象。在获得一种间隔距离后，他回顾香港的历史、审视香港的文化身份就有了更从容的心态，同时在与他国的比较中，也更体会出人类文化生存的艰难。

如《异乡的早晨》，诗人在芝加哥的早晨醒来，回想起昨夜里由各处赶到他房间里聚会的中国人的交谈竟然恍如隔世，改变了意义。这难道是变化了的天气的缘故吗？不。是语言，是那些"混杂了不同口音的怨曲"，那些"混杂在别的声音中学说成新的话语"都变成了"碎片"。诗人从语言被撕裂当中感到了一种文化上的创痛。的确，当语言这一文化的载体也被割成不连贯的碎片时（我理解聚会的中国人中定操着各式语言包括国语、粤语甚至美式英语在对话），哪怕都是中国人的聚会又怎能做到文化的认同与相通呢？诗人正是在游离于文化边缘时才感到中心失去的沉重，这就难怪诗人产生了如同米兰·昆德拉一样的感觉："沉重的行囊/变得难以言说的轻。"

我最喜欢的还是他的《青蠔与文化身份》。这首诗令我想起了他在散文《书与街市》《蔬菜的语言》所表现出来的智慧。它在幽默与调侃的质疑当中充满睿智的思考。它是知性与感性的高度结合，又是现实与后现代的相互交错，在看似荒诞的排列中却透露出了严肃的文化思考。诗人以戏谑的口吻来讨论文化的世界性问题，却给人留下了极其深刻的印象，其个人观点的表露又是那么鲜明与不容置疑，那就是：文化永远是具体的，不可脱离历史的。我想，这大概是也斯自己也最为得意的一首诗吧，因为在这首诗里他把自己那份学者兼诗人的才能发挥到了极点。

与这种文化性的思考相切合，诗人在艺术形式上也多采用了一种语言与意念的跳跃方式，这很类似于后现代绘画中的拼贴。然而，正是在这种跳跃性的意念与形象并置中，突出了诗人时空交错的历史思考与文化思考。如《城寨风情》一诗，从舞剧《小刀会》的布置联想到它的导演，再联想到香港的历史是否只是金钱的历史，从清兵的筑城反抗和英军的无理入侵联想到到底谁拥有主权和谁可以在香港建筑家园的问题；从美国百老汇歌舞剧与大陆"文革"时期革命样板戏的并置中又联想到香港人的历史是否会像舞剧中城寨的布景一样被人拆来换去永远消失的问题，诗人在文化时空中思接千载，神游万里，其艺术处理的方式是非常新鲜而又贴切的。

杨克：喧哗声中的纯美追求

现代文明社会是一个喧闹的世界，它有太多令人目眩神晕的高楼大厦，有太多的雍容华贵和金银幻象，有太多惊心动魄的迪斯科与摇滚，有太多的随波逐流和欲望。而在这喧闹异常的社会尤其是都市中，却有一位纯美诗歌的守望者与执着者，他就是杨克。

杨克的诗如他的那一副娃娃脸，充满着对纯情纯美的精神向往，在20世纪这后几年内，我们似乎看到他仍保持着他在80年代初的那一颗诚挚天真的心和那双温存清纯的眼睛。然而，杨克毕竟是长大了，他自90年代以来的诗也表现出异常惊人的冷静和深刻犀利的剖析与思考。

他从多数人的认同与向往中"往后站",把社会的发展与都市的发达放置到一个更宽更大的人文背景中去观察,因而从中发现了矛盾及其对文明进步的伤害。《石油》一诗就是这种精神感悟的产物。

当石油从一个世界转入到另一个世界,从一种形态变为另一种形态时,它对人类的贡献与伤害都是巨大的。贡献是明晃晃的,伤害却是隐秘的。它不仅仅是环境的污染、绿色的退化,更重要的是造成了精神与灵感的陷落。又如《AA制》,这是多数人都赞美的一种新型消费方式和男女青年的生活方式,但杨克偏偏在大多数人的叫好声中冷静地唱起了反调。"各拿各的工资,各交各的伙食/各有各的存折,各怀各的心事/你买领带,我购首饰/连微笑和感情也平摊开支/两个穿西服的中国人/心里横着一把刀子。"

他从一种形式上的独立中看出了实质上的分离和蕴藏着的冷漠,看出了现代社会中人与人之间人情的淡薄。在都市多姿多彩的迷宫中,杨克以精神透视的方式,戳穿了那些"精心营造"的"时髦"和都市神话,他看出那洋味十足的"情人节音乐会"飘荡着的是"金属的旋律",他看出那由钢筋水泥建造起来的都市并非"灵魂的庇护所",而是患"现代综合征"失去澄明天空的"贝壳"。(《真实的风景》)。

对都市与现代文明的看法自 18 世纪以来就存在两种截然不同的看法,一种是务实的,一种是精神的,杨克持的是后一种。对都市与现代文明的精神批判是"向后站"而不是"向后看",它的目的与旨意还是希望都市与现代文明在前进与发展的路途中不要迷失精神的方向,切勿为了眼前的毫利而牺牲了人类的大利,社会文明的大厦构成永远是由物质与精神两根巨柱支撑着的。所以,杨克的方式是诗人的方式。

杨克诗歌的纯美追求,不仅仅是情调上、思想精神上的追求,而且也是形式和语言上的追求,他的诗既不古典,也不洋昧,更多的则是一种自然和谐,随遇而安。他并不刻意去追求诗的体式,只是依内容而定大小长短,以达意为目的。顺着诗节读者可以把握他思绪的流动。诗的意象也以明朗为多,并不以个别奇特艰深的意象去取胜,而以整体之构架创造出一种现代艺术意境。比如读他的《观察河流的几种方式》,你不会感到有任何特别突出的意象，但你却获得了多方的思想启示：从水与河流、水与岸、水与泥土和石头、水与女人还有男人、水与精神等等关系的揭示中，我们领悟到许许多多难以尽言的东西。这是一种新的意境，它具有古典诗歌的"重旨""复意""内秀"等特点，但同时又是现代性或某种后现代的思考。在语言追求上，他坚持以语言自身美为基础，尽量将其提炼得更有光泽与圆润，它如河中滚动过无数次的鹅卵石，随着思想的流水自然转出，毫不伤害读者的视觉与听觉。像《在商品中散步》就写得很平和，如"光洁均匀的物体""感官在享受中舒张/以纯银的触觉抚摸城市的高度"等都很符合一种散步的心境。

在各种新生代、新新生代诗歌弥漫诗坛的时空里，有一个纯美诗人杨克的存在，也使喧哗的诗坛与社会多几分沉静。

钟晓毅：沉潜·感悟与文化视野

文学评论家中要数对小说的评论最为辛苦，因为阅读量实在太大。而要追踪小说发展的潮流则更不易，除了要耐心阅读外，还得处处留心阅读。钟晓毅君就选择了这样一种辛苦的行当，也可算是自讨苦吃，但读她的这部《在南方的阅读——粤小说论稿（1976—1996）》却感觉不到她有什么苦什么累。广东小说创作近20年的发展脉络和独特价值，上百部长、中、短篇小说的各自定位与意蕴，就在她自然流畅的论述中轻盈地跳跃而出。她能有如此不凡的表现，一是由于她的才气，二是得益于她的长期积累。才气之显，早见于她获得过"广东省社会科学优秀成果奖"与"鲁迅文学奖";此书的独到与流畅的文笔也是才气横溢的表现。长期积累表现于她多年来发表的关于广东文学的评论以及她的评论集《走进这一方风景》和《穿过林子便是海》上。其实,钟晓毅追求的"顺乎自然"的境界,正是在沉潜于广东小说创作领域中有了深刻而丰富体验与感悟之后的自然萌生。这里用得上钟晓毅在此书结束语中引用过的禅意故事来评论她的这部书:

不断地追踪广东小说创作的足迹——随时;

以自己的才性去感悟广东小说——随性;

实事求是地评价广东小说——随缘;

站在南方的文化立场,又把这些作品置于全国文学创作潮流与文化背景中去审视,揭示出广东小说创作的独特面貌与个性——随喜。

最为可喜可赞的当然是钟晓毅审视广东小说创作的整体视野、通变眼光与文化视角。在这部综论广东小说创作的专著中,钟晓毅将广东小说中的各种类型(伤痕小说、改革小说、知青小说、商战小说、农村小说、都市小说、打工小说、特区军旅小说、历史小说等等)放置在岭南这个大的文化系统中以及广东改革开放历史的流变中来加以观照，从而勾画出广东小说的整体风貌与精神流变。同时，在勾勒广东小说创作的发展线索时又紧密地与全国小说发展的脉络相扣连，在与全国小说创作的比较中凸显广东小说的独有价值与文化个性。

如她认为，广东描写商战、股市以及其他商业经济活动的小说，就是在广东处于改革开放的试验地和市场经济发育较早的时代机缘下培育出来的。他们除了描写市场经济中商业竞争与个人冒险活动外，更多的是关注与催生一种新型的文化人格。因此，广东有广东的另类忧患，广东的都市人有自己的人文状态与生存方式。商战小说使昔日平和恬静内秀的南方蕴藏了一种新的张力和生机。虽然有的商战小说还不肯把商战写得十分残酷与激烈，喜欢用亮丽的色彩来加以遮掩，但在他们灵动飞扬的叙述中仍夹杂着新时代、新形势下的思辨与沉郁。这种评论就不仅涉猎到广东现实环境的变化，而且也涉及昔日岭南文化的意蕴。正是在今昔比较中，她看出了广东小说给岭南文化带来了新的挑战与刺激。

又比如论杨干华《天堂众生录》类的农村小说，紧紧扣住南方农民的文化性格与北方农民的文化性格的区别去进行分析,指出在杨干华的作品内,南方农民喜欢做梦,而且会把梦托付给神灵。当他们觉得自己的力量无法应付现实时,便信奉古训、信赖祖先与上苍。南方农民机巧、讲究实惠,恪守"枪打出头鸟"的传统准则,都在体现着南方农民生活、心理的多层次结构,在他们的人生背后有着岭南文化的底色。

还比如广东小说中都市题材作品,往往浸透着一种对凡尘世俗的乐意体验,同时又有一种近乎游戏的反讽和天真之气。看来广东的都市小说,应从《你不可改变我》和《商界》的基础上,再去追求具有宁静、圣洁、乐观、淡泊的新人文精神的作品。因此,推而广之,广东小说似乎更适合于走"日神精神"之路,而北方小说是由《你别无选择》走向《浮躁》再走向《废都》的,更适合走"酒神精神"之路。

可以这么说,钟晓毅所做的种种分析论述,都是在一种整体、流变的文化审视下做出来的,因而显得贴切而不牵强,实在而不夸张。

钟晓毅的笔触是在一种十分平和、求实的心态下展开的。她无意于要拔高广东小说创作的成就,也不刻意去为广东小说在全国小说创作中争一席地位,但在她的整体叙述中——一种平和的叙述中,分明又道出了广东小说特有的审美价值与文化地位,这正是她站在南方的文化立场上阅读南方小说的结果。对每一个具体的作家作品的论述亦如此,她通常不持过分的、偏激的褒与贬,即使是对某些已得到较高评价的作家也好,她仍然持一种个人的再评价,不卑不亢地指出它的优点,不温不火地点出其缺陷。而当置于广东文学创作的大系统时,这些作家与作品又各自具有了它的历史定位。因此,钟晓毅着眼的是广东小说的整体与流变,而不是个别作家作品的得与失。从这种整体与流变的叙述中,广东的作家、评论家或许会悟到许多的东西。

作为南方的读者、学人,我对南方文学有一种天然的亲近。我曾经呼唤过要"走进岭南",从岭南文化的历史与现实变化中去看待广东文学,也曾经提出过要建立"第三种批评"——文化诗学批评。尽管钟晓毅君并未当面与我讨论过此类话题,但从我们个人的某些批评实践中,我觉得我们之间有着不少相似与可会心之处,这也就是我敢于冒险为曾经是我的同事兼学术同辈人的钟晓毅君的大著做这样一篇小评的原因。

朵拉：自在听香款款行

因为要出版"七色光"海外华文散文丛书第一辑，与朵拉再一次结缘；因正逢她的画在中国内地的泉州、福州以及广州、惠州展出之际，又再度认识了另一艺术面孔的朵拉。其实，20世纪90年代我便认识了朵拉，那时的她还在马来西亚的《蕉风》杂志当编辑，因来暨南大学访问而第一次碰面。之后在世界华文文学的各种研讨会上有过几次见面，2017年我受槟城华人大会堂之邀去参加该市的华文作家聚焦槟城活动时，则更进一步知道她的先生乃著名华文作家小黑，女儿菲尔也是一位优秀的律师兼华文作家。

在朵拉的这本新出的散文集《浅深聚散且听香》里，作者不仅写了她在各地悠闲品茗闻香的日子，而且写了她与花相逢、相近、相识、相友的日子,如《同安花事》《花影厦门》《角美美人蕉》《水仙花开》《百花村里寻水仙》等。在她的笔下,花总是有灵性的事物,像《同安花事》里写的红棉,绚艳得让人不敢逼视,但在丝丝细雨中却又多了清雅秀气的姿态;而梅山寺的红棉,开在左右打横的枝干上,正在作者观看红棉舍不得离开而步伐徐缓之时,一朵红棉却不期然地掉落在作者的脚边。这便是花的灵性。又像《水仙花开》里所写,作者未见到绽放的水仙,心里闷闷不乐,而晚上的梦中则梦到了想象中的水仙绽放。当在漳州百花村,见到姹紫嫣红的水仙世界时,则为它的幽香和素洁以及呈现的艺术姿态所吸引,从来不画水仙的她因为这种缘分和钟情,回到南洋则日夜不停地描绘着这展翠吐芳、春意盎然的水仙。故朵拉笔下的画作如红棉、水仙、三角梅、红梅、青竹等,除了它们那妖娆多姿的枝干与怒放的花蕊之外,作者总要安放那么一两只小鸟或几条游动的小鱼,这不仅仅是为了画面活泼的需要,更重要的是画出灵性之物之间的息息相通,同时也是为了表达作者心灵深处的生命体验。一朵花中见世界,一幅画里显人情,这时候作者笔下的水墨世界和她的散文世界是打通的。她在那小小的花朵里见到了壮阔的天地，见到了勃勃生命，见到了那给人以无穷美感的性情。

朵拉之画，画面往往是铺得满满的，初看以为是画者在有意模仿儿童画，读过她的散文才知道，在朵拉的眼里与脑海里，无论什么花永远都是花影簇簇、铺天盖地的，红棉是，水仙是，三角梅更是。将她的散文与画共观，我就理解她的画为什么留白较少的缘由了。在朵拉看来，画水墨画与写散文一样，着重在写出物象的生命感：包孕而有张力的姿态，蓬蓬勃勃而无法抑制的怒放，就像她笔下的荷花，竟然可以打破传统的构图，长到天上去！这便是一个作家的想象变为图画的性灵化，是作家梦中的也是心灵中应有的生命感。

自然，朵拉无论是喝茶、赏花，还是写文、作画，都是保持一种从容不迫的舒缓心情去进行的。正如她在散文《听香》中描写的那样，她总是漫步于"黄色火焰"树下，陶醉于那馥郁的香气之中，神清气爽、心旷神怡。她的画展也取名《听香》，她说："只要你以一颗闲淡自适的心看画，便可听香。听香的艺术人生，出尘超凡，浅深聚散自成高格。"读朵拉的散文，亦须慢慢去品味，看她的画也是如此，需要驻足思量画里的深刻意蕴。写到这里时，我仿佛又见到朵拉穿着马来西亚的民族服装"卡峇雅"款款而行，引导着我们观画读文，向我们展示她听香的艺术人生。

刘国玉：别是一家春

甲午仲夏时节,阳光像火一样热情,我走进了粤北山区的翁源县,走进了翁山诗书画院,也走进了刘国玉的世界。

刘国玉的世界是焦墨的世界,是对中国传统山水画的精细传承和大胆创新的世界。在一片纯黑的墨色里,画家用恣肆而略带野性的笔墨,淋漓酣畅地表达着他对岭南山水的理解。那山那林那水,远视如烟如雾,仿佛有一股蓊蒙氤氲之气在流动,近观则可辨出山岭的条条肌理筋脉,见出层林的苍莽耸拔。墨痕笔过之处、浓淡润枯之间产生着细微而有层次的变化,分明又有着岭南山水的别样色彩感与韵律感。

刘国玉创造的焦墨世界里,有高古静穆,有沉雄浑厚,有元气淋漓,又有空渺清脱,它让你想起范宽、石涛笔下的画境,又会让你想起黄宾虹、张仃的笔墨。

刘国玉选择的道路是在复古中寻求创新的道路,但如果没有对一种画学理念的追求与坚持,那是很难取得突破性成就的。尤其在创新方面,如果不走出传统,不突出自己的个性,形成自己的面目和风格,那只能是古人膝下一愚奴。也正是在创新这一道路上,刘国玉充分发挥了他早年学习西画的特长,在传统的笔墨中融进了西方的绘画语言,在他的笔墨中分明又呈露出西式的构图与透视感,同时还有印象派的墨彩感。

刘国玉其实骨子里是很文人的。在翁山诗书画院里,他专门设置了"论经堂",一方面用于收徒授课,另一方面还邀请名家名士前来讲座。他十分强调书画工作者必须内外兼修,具备良好的文化素养。他自己就是一位精通古典诗词创作的专家,这从他给自己的画命题以及题诗中就可看出。我参观过他的"论经堂"后曾题词道:"论经谈道频挥麈,舞墨吟诗共放情。"就是对他内外兼修主张的赞许。

自古高人在民间。小地方有大文化，翁源这样的小地方，现在至少产生了像涂志伟、刘国玉这样两位杰出的艺术家。涂志伟是画油画的，但他用西方的语言描画中国的历史文化题材，创造了许多大画名作，得到了国际上著名油画大师的称许，从而享誉国际画坛。我参观过翁源的涂志伟美术馆后感慨万千，曾写下"从翁山出入世界眼，以西方语铸中国魂"的赞语。今日面对刘国玉的世界，我认为是"从传统入出现代法，以焦枯墨润国画田"，至少在中国画领域，刘国玉以别样的视角与笔法，使中国画的发展路向又变得更为温润顺畅起来。

张钺：以象传心，造意追神

天津的"泥人张"是中国民间艺术的瑰宝，其第一代可上溯至清道光年间。张钺出生于1927年，16岁就直接师承祖父张玉亭（即"泥人张"的第二代）从事彩塑艺术创作，历时40余年，成为卓有成就的"泥人张"第四代传人。

最近由陕西人民美术出版社出版的中国第一部"泥人张"传人作品集——《"泥人张"张钺的作品》，就向世人展示了张钺璀璨的艺术世界。读集中的作品，深被其艺术情趣与美学力量所感染。

张钺在20世纪50年代的作品偏重于写实，还保留着较多的民间传统，技法上主要依靠传神的动作取得艺术的传达效果，如《皮匠》《木工》等作品，以刻画下层人物为主，强调的是细致入微的动作。70年代的作品已有所超越，而进入写意传神的初级阶段，如《司马迁》，突出了其上扬的眉毛和远瞻天际的眼神，借以表现司马迁发愤著书"通古今之变，究天人之际"的博大情怀。《李白》则以飘飞的衣带与引吭高歌的形态，刻画出李白奔放潇洒的"诗仙"风韵。

八九十年代的作品，在造型上就显得放肆得多，具有了大写意的味道了。如《一行观蟾》将一行的衣服与石头、蟾连为一体，面部表情上着重突出其专注的眼神，借以揭示一行从自然中求取科学真理的进取与求实精神。而《云霄震宇宙》，人物两手高举，头仰，嘴大张，如啸如唱，给人一种"俯仰自得，游心太玄"的超然感。对于文化名人的刻画，张钺则着重表现他们的文化性格与智慧，如《苏学士东坡》追求的是一种平淡自然的情韵，苏东坡那似视非视的眼睛表现出他在经历"乌台诗案"后的人生空漠感，那横握的手杖却又揭示他闲居东坡拄杖游玩不过是做给人看的，表面的平静实则潜藏着内在的激动。《曹雪芹》则着重突出他的智慧，故造型上头大脖细，眼神冷傲，嘴角下撇，盘腿而坐，两手相合置于右膝，这是为了表现他对污浊社会的鄙弃，也体现出他创作巨著《红楼梦》的艰辛。

张钺的创作实际上已经增加了现代的文人意识，在很大程度上是改造了民间工艺的固有写实传统，更多地吸收了中国文人画的创作手法。可惜的是，张钺已于1991年仙逝。好在他的艺术传统已由他的女儿张泽珣继承，如今，她已成为"泥人张"的第五代传人了。

林若熹：这只特立独行的"乌鸦"

作家王小波曾写有一篇著名文章，题目叫《一只特立独行的猪》，批评家夏中义评说自己时也取题为《瞧，这只特立独行的鼠》，我如今来评说林若熹，从他的个性情趣和价值取向上观，我觉得只有用《这只特立独行的"乌鸦"》才能最恰切地表达我要评说的含义，就顾不上模仿与跟风之忌了。

"黑乌鸦"是林若熹在读大学本科时同学们给他取的绰号。那时的他喜欢着黑衣，沉默寡言，且独来独往，一心埋头在他执着的学画生活中。这只怪异的"鸟"毕业后意外地留校，又意外地获奖，还到北京中国美术馆去开了个展。经过六年"琴房"(他留校后所居的狭小空间,原为艺术学院学生练琴的房子)的刻苦磨炼,又经过四年博士课程的蛰伏修习,这只"乌鸦"又将再次起飞迈向新的征程了。

小林的特立独行,首先在于他喜欢思,喜欢追问。他喜欢读书,爱好面还挺宽,除专业书外哲学、宗教、文学、民俗之类都略有涉猎,而且还想去跨学科实践一番。比如他在他的画里渗透进许多对时间、对永恒、对自然的哲理追问,有的还表现出他对孤独、交际、青春、爱情的焦虑感;他的画里会经常出现一只孤单的鸟,甚至是一只具有金色羽毛的鸟,也会在广袤的原野中出现一株象征孤傲的美人蕉或者一枝茇荷。在他觉得画也难以表达他的某种思想与追问时,他甚至还会赤膊上阵,玩起将现代诗配画的游戏来,出一本诗集《蜘蛛之吻》来直接表达他的思索;他玩绘画的技法探寻,也多出于他的善思多思:他尝试着在花鸟画、山水画中用撞粉、撞水法去超越传统,又试探着用现代设计的技法去提升国画的装饰性,还从用矿物质颜料的摸索中去寻找如何超越传统青绿山水的路径,等等,不一而足;他选的博士论文选题也是出自他的真实追问，就是对传统国画中"线"的民族基因、原始功用、基本审美原则、美的境界的创造等总之是"线"的美学意志的思考。

小林的特立独行还在他的喜欢折腾，在看似怪异的折腾中充满着活力，彰显着个性。小林并不是不爱说话，遇上他喜欢做的事、议的事、感兴趣的事他会发表言论滔滔不绝，甚至连人家插嘴的机会也没有。而碰上他不喜欢的事与场合时，他会静静地坐在一边默默地听、默默地看。但在他的生活中，他却有不断翻新的折腾。南华寺成立1500周年纪念，他去帮助寺院做整套的 CI 策划并出纪念书画集；朋友的楼盘成功了，他会在小区内开画廊和各种艺术展，以他的行动推进着高雅艺术进社区的精神文明建设实践；他还会搞搞装潢设计，将现代的设计理念展现出来，其中他帮助学生所办成的"汇豪社"就是融艺术与饮食、休闲、娱乐于一体的某种新理念的尝试。他并不只耽于画画，只满足于画画，他需要在不断的活动中吸取各种知识的营养，同时又要在将要开展的下一轮活动中去证明自己的进步。于是，我看到他在写完博士论文之后出版了一本《解读传统》的专业理论书，看到他在将完成对

"线"的意志的研究之后又转向对"没骨"的研究。如今，他又酝酿着在北京开一个新的画展，并力图在新的个展中实现对自己的超越。他没有时间闲着，也无更多时间与人交流，连与人家约定的事情也只有在突然间记起来才匆匆打通电话将事情安排妥当。他只好属于独来独往了，像一只孤单的飞来飞去的乌鸦。

小林的特立独行使他获得了画绩的丰收和别人的羡慕。来自潮汕人文之地的他毕竟是聪明的，极有灵气和才华，但我认为他的成功更多来自于他的执着追求与扎实基本功的训练。执着追求是他坚韧意志的表现，一个聪慧的人没有坚忍不拔的意志是难以成功的。这是他成功的关键。试想，他为了考进美院，竟然是五年屡败屡战，在第六年才叩开美院大门。但这六年的时间，多磨炼人的意志，又训练了多少基本功！知败而才发奋，知难而才刻苦，他在大学以及留校以后的对基本功的重视是可想而知的。刚留校时教研室组长吩咐新留校的老师画100张线描写生稿，他不仅完成了，而且大大超过。在他遭遇爱情滑铁卢之后在"琴房"中"养头发"期间，他仍然一边沉思一边埋首画画，等头发养成时，画也上了一个新的层次。

那段"养头发"的时期使他对悲剧、对人生意义、对美有了更深的体验,而这段体验也为他后来形成的独特的美学旨趣(偏黑、偏冷、偏梦幻、偏忧郁,又力求在压抑的环境中追求光、亮、白,以期实现某种超越)是极为相关的。对基本功的训练是他成功的基础,因为他有了脚踏大地的实在感,这种实在感加强着他的自信,加上他的不断进取(我宁愿将他的喜欢"折腾"理解为"进取"),就可以不断获得新的进步。

如今,这只特立独行的"乌鸦"又将飞腾起来了,他再度进京开个展又将给人带来什么惊喜呢?或许这只"乌鸦"将蜕变成凤凰了哩!我乐观其成。

桂馥兰馨,金声玉振:我眼中的《文学评论》

《文学评论》杂志已走过60年路程了。它敏锐地感应着时代变革的浪潮,始终贴近时代的脉搏,始终与文学创作、文学研究工作者的步伐同节奏,为新中国文学研究树起了一根标杆与旗帜,并成为广大文学研究工作者心目中的最爱,难能可贵,可喜可贺!

我是1977年才上的大学,愚智开启甚晚,《文学评论》的前20年路程我没有相伴而行,但它自1978年复刊以来的40年路程尤其是近20年来的路程,我却有幸能感受它的感受,脉动它的脉动,并深情地投入并参与它的事业,伴随它的成熟我也成为它的一名同行。我发自内心地感到自豪，也从它的成熟的过程中获得了更多的自信。

《文学评论》给我最强烈的印象是它非常具有节点意识和学科意识，也就是说它能非常敏锐地把握住文学随时代变化的节奏，在关键点上去观察文学、分析文学、引领文学。如在1978年至1979年间，发起了关于形象思维的讨论和文艺与政治关系的讨论；在1984年就开设了"文学研究方法创新"的笔谈，它是1985年、1986年文学研究方法论热的先声；之后，它开设过"发展马克思主义文艺理论笔谈""当代文艺理论新建设""社会转型与文艺美学研究笔谈""新时期文学十年研究""新时期文学二十年""二十世纪文学回顾""二十世纪中国文学研究回顾"等等栏目。对节点的把握，既是一种文学与时代的回应，又是一种学科史的建设，因为在相关的节点讨论文学重要的问题以及讨论有关文学发展的节点问题，都是可以进入学科史之内的。像"新时期文学十年研究""新时期文学二十年"，抓住的不仅仅是一个时间的概念，它对新时期文学进行时间意义上的分析，讨论的结果是可以促发某些问题进入文学史的。同样，"二十世纪文学回顾"栏目，从1996年开设一直延伸到2009年，达13年之久，它既是对"二十世纪文学"概念讨论的一种深化,又具有文学史学的意义。"二十世纪中国文学研究回顾"栏目则是对文学研究的研究,就更有学科史的意义了。

《文学评论》对栏目的设置还能抓住文学研究的前沿问题和关键问题来展开讨论,并借此推动与引领文学研究的走向。像1997年开设的"关于中国古代文论现代转化的讨论"栏目,就敏锐地抓住了当时文艺理论讨论的热点问题进行了广泛而有深度的讨论,使这一问题的研究取得了相当厚重的成果,为中国特色社会主义文艺理论的建设做出了贡献。我也是在参加这场讨论当中开始在《文学评论》发表文章的(我的文章是《论当代文论与古代文论的融合》,载《文学评论》1997年第5期)。又比如2004年、2005年"关于文学理论边界的讨论"栏目,虽然是由著名文艺理论家童庆炳教授与他的学生的争论引起的,但此问题的讨论关涉到在新的时代文艺学学科的定义与发展问题,关涉到文学是否终结或即将终结的问题、文化研究或文化批评是否可以取代文学研究的问题,以及今天我们究竟需要什么样的审美问题。这一讨论与它设立的"社会文化转型与文艺美学研究笔谈"栏目一道,共同推进了文艺学学科在21世纪头十年的研究与进展。也正是在这场讨论的驱动下,我于2005年在《文学评论》第6期发表了《消费时代文学的意义》一文,从文化研究的视野对消费时代来临文学的意义生产做了积极的回应。

《文学评论》的其他栏目如"我的文学观""作家作品评论小辑""加强文学评论笔谈""当代诗歌价值取向""学人研究"等,紧密贴近文学、文学评论和文学研究的实践,给学人以发挥的空间,常能带来一些耳目一新的文学思想与观念。

要特别值得一提的是,《文学评论》还设立"青年学者专号"与"新人评介"专栏,提携与奖掖青年学者,这对学界也是一种福音,对鼓励青年学者从事文学研究、提升他们的信心与能力是很重要的环节。在这当中发表文章的青年学者,如今有的已成长为"长江学者"或"青年长江学者"了。《文学评论》在培育文学研究人才上也是可圈可点的。

我们还见到,《文学评论》还举办优秀论文评奖活动。从当时的获奖名单看,其中青年学者也占有相当大的比重,如1990年至1996年的获奖者中,有吴承学、谭桂林、周宪、高小康等青年学者,如今他们都成为学界的领头人了。其中谭桂林在后续的两次评奖中继续获奖,吴承学则是将他的获奖论文《江山之助——中国古代文学地域风格论初探》视为他学术研究的发端。

在中国近百年文学与文化的发展史上,一本杂志、一份报纸、一家出版社对一场文化运动、文学思潮与文学流派的推动起到举足轻重的作用,屡见不鲜,如《新青年》之于五四新文化运动,《现代》杂志之于中国现代主义文学思潮,《中国新诗》之于"中国新诗派"(九叶派),等等。《文学评论》之于新中国成立以来文学研究的作用与贡献,也是有目共睹的。它在培养文学研究人才、站立文学前沿、引领学界风气等方面,都是值得大书特书的。正值它创刊六十周年大庆之际,我拟了一副对联,以表示我的祝贺和祝愿,那就是——"桂馥兰香滋畹亩,金声玉振领风骚"。

怀念与感激：我与《文艺研究》的学术缘

我与《文艺研究》的学术结缘始于1986年。当时，我在上海华东师范大学师从王元化先生攻读中国文学批评史专业博士学位。入学已过半年的我，在王先生的指导下，正在为选择博士论文选题做准备。当时，我面临着两个选择，一个是做魏晋玄学与文学理论的关系研究，一个是做佛教与中古文学理论关系的研究。王先生针对我的读书报告指出，研究魏晋玄学离不开佛学，因为当时的思想潮流是玄佛合流，玄佛互释互动是重要现象，他让我继续去阅读有关佛教研究的文献。于是，我除了重点阅读汤用彤先生的《汉魏两晋南北朝佛教史》之外，就是广泛阅读有关魏晋南北朝时期宗教、文学、史学、哲学研究方面的文献。隔了一段时间,我便提交了一篇关于研究宗教(道教与佛教)与魏晋南北朝山水美发现的读书报告。王先生看了觉得不错,给予了肯定,并指出可以沿着这一方向继续研究。趁着在先生家用餐期间,我冒昧地向先生提出我能不能投稿。王先生说,《文艺研究》正在向他约稿,他知道该杂志社有个叫张肖华的编辑,让我与他联系然后将稿投给他。

稿子投出不久便得到张肖华先生的回信,他肯定了我的研究思路和研究方法,并详细提出了一些修改意见,让我修改后再寄给他。那时写稿都用稿纸,为好保存底稿和便于修改,都留有誊写稿,即用复写纸誊写。我按照张先生的意见对文章加以修改,重新誊写一份再寄出去。隔了4个月,这篇题为《宗教与山水结合的历史文化考察》的文章就在《文艺研究》1986年第5期发表了。

这篇文章的发表对我自然是极大的鼓励,尤其是支持了我从文化角度去研究文学、美学的学术思路和信心。1985年9月我进入华东师大师从王元化先生就读以来,就追随着王先生提倡的学术研究"三结合"(即古今结合、中外结合、文史哲结合）的道路去做学术阅读和研究。我仔细揣摩王先生的学术思路，也试着从一种广阔的文化视野去研究文学与文论，尤其在读书过程中经常得到王先生要做到文史哲不分家的指点与告诫，我的学术思路和视野也随之打开。我在1985年11月就写了一篇《将古代文论放到中国文化背景下去考察研究》的文章，就是一种拓宽思路、提倡将中国古代文论放置到中国文化的大环境大背景下去考察研究的宏观性文章。此文经徐中玉先生的指导与肯定，发表在《文艺理论研究》1986年第3期。而《文艺研究》发表的这篇文章则进一步坚定了我的学术研究方向，也使我最后选择了从文化交流角度去研究佛教与中古文学思潮来做我的博士学位论文选题。也可以说，我做佛教与中国古代文艺理论与美学关系研究的起步是从与《文艺研究》的学术结缘算起的。而编辑张肖华先生可以说是发现我、培养我的重要学术引路人之一。

有其一，就有其二。1988年3月，我将已写好的博士论文的首章又投给了《文艺研究》。这次我阅读的书更多，花的力气自然也大，积累也多了一些，文章的角度、文献资料都比较新，还是张肖华先生审稿，文章通过三审，最后定题为《佛经翻译与中古文学、美学思想》。该文章在《文艺研究》1986年第6期发表。

博士毕业取得学位之后,我分配到广州工作,学术的方向依然是佛教与文学、美学的关系研究,同时又开始对宗教艺术进行研究。我首先对宗教艺术的定义和内涵进行研究,这是我后来出版的著作《宗教艺术论》的首章。自然,我将这首章还是投给了《文艺研究》,记得依然是张肖华先生接的稿,但因年龄原因,他将稿转给了新接手的编辑。这篇题为《宗教艺术的涵义》的短文(约3000字)又在《文艺研究》1992年第6期发表了。若干年以后,《宗教艺术论》经丁亚平之手在文化艺术出版社出版了图片版,后来此书又由暨南大学翻译学院的学术团队去申请,获得了国家社科基金学术著作外译项目的资助,将此书做了删节并翻译,更名为《中国宗教艺术论》在美国出版。《文艺研究》不拘文章篇幅,发表我的这篇短文,对我后续的研究是很大的鼓励与支持。

说到编辑张肖华先生,我对他充满敬意。他给我编发了两三篇稿子,但我竟然只是与他通过信,并未谋面。那时编辑部经费少,编辑很少出去开会,编辑与作者见面的机会甚少，编辑与作者的交往真的是淡如水的君子之交。直到张肖华先生英年早逝（我相信他是因为劳累而致病的），我也没有见到他，但他对学术的严谨态度、待人的谦和真诚（见字如面），给我留下了极其深刻的印象。张肖华先生对我的学术道路的影响，在我的心目中是仅次于我的导师王元化、林焕平以及徐中玉、蓝少成的一位从事编辑事业的学术导师。

《文艺研究》进入到柏柳与方宁先生做主编的时期，我依然参与了《文艺研究》在文艺美学方面的讨论，曾先后在刊物上发表过《关于文化艺术发展战略的几点思考》（《文艺研究》1998年第4期）、《中国古代文艺美学研究的进程与前景》（《文艺研究》2000年第1期）以及《论古代诗学的原创意识》（《文艺研究》2003年第2期）。在大众文化现象与理论研究方面，《文艺研究》着力最多，刊文也最有代表性，我虽然没有参与《文艺研究》的专题讨论，但极为关注《文艺研究》在这方面的研究动向，后来我在写文化研究的本土化的文章中引用《文艺研究》所刊的文章最多（见《文化研究的本土化：功能与原则》，载《外国文学研究》2015年第2期）。在理论研究的引导性方面,《文艺研究》所关注的话题和专题性文章是做得极好的。今年,我与我的博士后唐诗人合作的文章《文学批评与思想的生成——建构一种广阔的文化诗学理论》又在《文艺研究》2019年第4期发表,接续上了从童庆炳先生起就一直在讨论的"文化诗学"话题,也续上了我在1995年就提出过的"建构第三种批评:文化诗学批评"的话题,我与《文艺研究》在新时代的学术缘,又将开启另一番新面貌。这让我在回忆、怀念、感激的同时对未来怀有美好的期望。

四十年风云激荡,四十年成果丰盈,我衷心祝贺《文艺研究》创刊四十周年,并祝愿它永葆学术青春!

附录：
南园放马，北山种菊——蒋述卓印象

初见蒋述卓，他正埋头伏案疾书。宽阔的办公室内，一排靠墙的书橱被装得满满当当的，桌上堆积着一摞摞厚厚的文件——这就是蒋述卓每天忙碌工作的天地。但是，他在处理完手上繁杂的公务之后，他会挤出一点读书与写作的时间。如果恰好碰上当天的事务繁多，那他就在下班之后休息的时间进行。此外，他透露自己还有一个小小的诀窍："可以抓大放小，让分管的同志放手去做。这样既可调动下属的积极性，也可为自己留些空间。"这与其说是"偷懒"，不如说是智慧与大气使然，透露出一个毫无官僚作风的领导者的管理能力。

身份变化影响学术的研究方向

从博士论文《佛经传译与中古文学思潮》开始,蒋述卓陆续发表了一系列相关论文并获得不少奖项,在学术界产生广泛影响。后来转而研究"文化诗学"与"城市美学",他坦言这是"与我在工作中的身份与思想的变化息息相关的"。

"文学在把生活艺术化,人在生活诗意化的过程中追寻着人生的终极意义。很多著名的文学家都与宗教有着密切的联系,从古代的苏东坡、近代的周作人、现代的史铁生等人,都有着浓厚的宗教思想,或者说至少是准宗教的心态。"蒋述卓补充说道,"我担任暨南大学领导职务已经十多年了。之所以把眼光从"文化诗学"转移到"城市美学"上去,这与我担任领导工作相关。因为担任领导职务之后,时间和精力要放在管理工作上,在学术上就不可能也不允许我再去钻故纸堆,阅读大量文献了,而要从书斋走向更广阔的社会,关注现实生活,从现实生活中去观察、感受、分析，然后形成自己的观点。而研究城市文化与城市审美，毫无疑问是对路的，而且其研究成果还会对日常社会生活有指导意义。"

"这些研究领域背后的思想内涵是一脉相承的。城市诗学要让城市成为人诗意栖居的地方，也要求人们有一种守护自己的家园，善意对待生活和自己家园的意识，这有助于一种新型城市文化精神的形成。"蒋述卓陈述着自己思想和学术研究转变的过程。

当我们问到这位学者型领导在处理行政领导事务和学术研究的关系时，他说道："我不认为领导工作与学术工作是对立的。工作要求我把管理放在第一位，学术放在第二位，对此我有清醒的认识。但是我认为高校的领导者必须要从事某种学术研究，否则在引领学术方向上会有偏差，也管理不好这么多知识分子。"他珍惜着职务的给予，因为它们代表一种信任和职责，他勉励自己去尽职尽责做好。"担任行政职务只是一种人生的经历，一种人生的锻炼。在高校当领导与在社会上当领导是有区别的。在高校职务越高越需要有一定的学术威信来支撑，否则人家不服你。所以，我的职务对我的学术是一种激励。"在不刻意和刻意之间,他履行着自己领导与治学的平衡准则。

不仅在学术上颇有建树,他还是一个在艺术评论、散文创作、书法创作等领域都有深厚造诣的文人。他认为一个文学批评家必须要懂得创作,才能写出好的批评。"我并不期望我所做的工作被后人视为什么经典,我只是将它当作我能享受愉快、寄托心情、安放精神的田园。当我工作之余,伏案于青灯之下,一笔笔写出一篇篇短文时,我的心里充满了安宁、阳光和快乐。"在出版的《诗词小札》"前言"中,他向读者如此解释着自己的兴趣:将文学艺术打通,用不同的几套笔墨去书写人生才显得精彩。

做好"老师"是我人生最大的追求

谈到他的学生,他一脸自豪,语气中也多了一份喜悦:"教书育人是件功德无量的事情啊!"他从教几十年,已指导了数十名博士生和硕士生。他要做的事情太多,行政管理工作、党务工作、出版专著、发表论文、承担科研项目等,都分去他不少时间,但这些加起来仍然无法比拟他倾注在学生成长上的心血。他的学生经常会拿到省级奖励,学生的一些论文也在高档次的学术刊物上发表。

"我首先是一名教师,而且最希望被人记住的也是我作为教师的身份。"蒋述卓谈论着自己最初的梦想,"做一名好老师,是我一生的追求。"1972年正好赶上"文革"期间"教育回潮"时期,蒋述卓高中毕业后得以选择入读桂林师范学校,1974年毕业后留校任教,19岁的他成为学校最年轻的教师。在1977年国家恢复高考,他高兴万分地参加了当年的高考,被广西师范大学中文系录取,毕业后继续攻读硕士,后来又考入华东师范大学中文系攻读中国文学批评史专业博士学位。博士毕业的时候,他选择来到暨南大学任教。

小小的三尺讲台,对蒋述卓而言是世上最有魅力的地方,他在这里挥洒汗水、播种希望,收获着桃李满天下的快乐。暨南大学是一所百年华侨学府,是中国内地最大的港澳台侨人才培养基地。作为党委书记,如何对港澳台侨学生进行国情教育和思想教育,一直是蒋述卓探索与研究的方向。"参天大树不会一夜之间冒出来,也不能揠苗助长。我们要给它提供适应生长的土壤——这就是素质教育的本质。"蒋述卓意味深长地表示。据悉,暨南大学在蒋述卓的支持下组织了"百年暨南文化素质教育讲坛",邀请了王蒙、毛佩琦、葛剑雄、李家同、汪国真、徐勇、熊丙奇、许纪霖、陈一筠等一大批著名学者莅临暨大开坛讲学,此项活动还吸引了不少外校的学生过来听课,教室内常常人满为患。这也成为暨南大学的教学"品牌"之一。除此之外,蒋述卓还鼓励学生观看并组织排演各类戏剧、音乐、舞蹈等节目。

"营造浓厚的文化艺术氛围,对塑造学生品格和完善心智有重要作用。教育的核心是人格心灵的唤醒,教育的最终目的不是传授已有的东西,而是要把人的创造力量诱导出来,将生命感、价值感唤醒。"他立志要做一个教育家,而不是教书匠。在学生心目中,蒋述卓教授既是一位严师,又是慈祥的父亲。他修改学生的论文,字里行间全是密密麻麻的批注。另外,他对学生的生活又无微不至地关心爱护。

出世入世,进退自如

在问到怎么看待自己的人生状态时,蒋述卓幽默地说:"我曾写有一条幅,内容是:沧海观云,闲庐听雨,南园放马,北山种菊。文武之道,一张一弛,出世入世,进退自如。这颇能代表我的追求。"这不仅是他从事管理工作时的智慧与原则,也是他世界观与人生观的一种追求。

这要追溯到他初来广州到暨南大学任教的情形。比起家乡桂林的山清水秀和悠闲舒适的生活环境,繁华喧嚣和空气污染严重的大都市对他而言是个不小的挑战。加上一家四口挤在一套马路边的小房子里生活,勉强腾出来的书房也要兼为杂物房,生活条件颇有点"蜗居"的困窘。然而蒋述卓就在这小小的杂物房内钻研学问,写下了近百万字的学术论文,后来还结集成册出版了。

他那时的宁静心境,也许从被他趣称书房为"心远斋"中略窥一二。其意取自陶渊明名句:"结庐在人境,而无车马喧。问君何能尔,心远地自偏。"我们已经无法像陶渊明那样隐居到深山丛林中去,但是在这热闹拥挤的都市现实之中,使自己的心远离世俗功名和对物质的无穷欲望,心不就可以非常高远了吗?在车水马龙的路边,一所小小的书房内包含着一个广阔的世界,学问的魅力让他全然不察身边的喧嚣，那就是蒋述卓的世外桃源。"中国古代的文人士大夫都身兼数职，兼通六艺，琴棋书画，诗赋歌舞，无所不能。"蒋述卓其中一篇小散文的开头如此说道。也许，他内心是非常向往着那种充满书香与傲骨的文人风范的，所以他也一样地要求着自己。他写诗歌、散文的同时，进行着文学批评与研究，还练习书法——他把这形容为一件乐事。

那些艰苦而平淡的日子是他修身养性的基石。在事业上他也并非一帆风顺，但他向来乐观："只要自己有真才实学，能真诚待人，无愧于心，总会有人赏识的。"在暨大经历不少风雨走到今天的领导岗位，甚至在校外也兼任着一些学会的领导职务，相信与他这种埋头学问的坚持及忘怀得失的胸怀是分不开的。

"学而优则仕"是文人追求的政治理想。"达则兼济天下，穷则独善其身"，蒋述卓选择了一条独特的道路去实现自己的抱负：为社会培养更多的人才。如今的他，仍然保持着当初在"心远斋"的淡定心境。他正如一个传统而模范的士大夫，处低位不自弃，处高位不自满。既有"不以物喜，不以己悲"的睿智，又有"先天下之忧而忧，后天下之乐而乐"的责任感。"出世入世,进退自如,是我为人处世的原则。无论什么时候,都要从容。"蒋述卓如此说道。

(本文作者系梁巨涛,《神州民俗》杂志记者)

跋

收录在这本集子中的文字都是我在做学术研究之余完成的。学术研究是我的专业,散文创作只能是我的副业,所以这本散文集内也是专业与副业杂陈,正如我的人生,学术与行政交织,创作与研究并存一样。

我在谈人生感悟和接受记者访谈时说过:人应该有几套笔墨书写人生。我们这些以研究学术为生的学人,尤其是从事文学研究的学人,除了写学术著作和论文之外,也应该多培养一些文艺兴趣,不应成为"冬烘先生"。我在学术界的朋友中就有不少为我树立了榜样。像上海师大研究中国古典文论的曹旭教授,出版过好几本散文集,其创作成就在《中国当代散文史》中还占有一席之地。北京外国语大学中文学院研究中国古典文学的詹福瑞教授,出版过现代诗集和散文集。南京大学研究中国现当代文学的丁帆教授,一出门就在旅途中写随笔,他戏称为"速度写作",因为写作伴随的是动车与飞机的速度,他就出版过好几本学术随笔集。北京大学中文系的陈平原与夏晓虹教授,夫妇二人既是著名学者,也是写散文随笔的高手。散文界的余秋雨和梁衡,一为学者,一为官员,他们的散文创作达到可进入文学史的程度,令人追慕。

我的散文写作属于刚起步阶段,为了做一个阶段性的回顾,就不避浅陋,从长章短制中挑选出这39篇,算是让朋友与读者认识一下我的另一套笔墨。

不过,我会继续努力,因为对散文还是有兴趣的。

2018年我在广东外语外贸大学举办的"国际文化创意写作大会"上做过一个演讲,题目是《创意写作:手艺人或者艺术家》,在那里我说到写作是一门技术活,是可以学的。要学习与模仿文学经典,要体会并掌握其中的技巧,像毕飞宇的《小说课》就谈出了他在经典小说阅读与他自己小说创造的经验与体会。当然，写作还有直觉，因为写作是流动的过程，直觉更重要。直觉在写作过程当中往往是随着你的想象、虚构一直向前推进的。写作又是独创，艺术家与手艺人的区别就在于不重复自己，随物赋形，见机而动。灵感和想象始终流动在创造过程之中。演讲最后我引用了诗人北岛的一段话，我想这对写作者是很受用的。北岛说："写作是一门手艺，与其他手艺不同的是，这是一门心灵的手艺，要真心诚意；这是孤独的手艺，必须'一意孤行'。每个以写作为毕生事业的手艺人，都要经历这一法则的考验，唯有诚惶诚恐，如履薄冰。""我还要补充说明一点，要掌握这门手艺，必须有工匠精神，像做工艺品一样构思打磨作品，要有技术，写作的技术就是技巧，素材内容如何取舍，如何使用，本身就是技巧。"

对文学写作有兴趣者不妨与我同行并一试身手。